Sina Blackwood

BURGEN, SEX & ABENTEUER

AF175327

Bibliografische Informationen der Deutschen Nationalbibliothek:
Die Deutsche Nationalbibliothek verzeichnet diese Publikation in der Deutschen Nationalbibliografie; detaillierte bibliografische Daten sind im Internet über https://www.dnb.de abrufbar.

© 2. Auflage: Februar 2022

© Coverbild: Fotolia 129803126 - Medieval city of Carcassonne, France, at night with a
© Illustrationen: Kay Elzner
Umschlaggestaltung: Sina Blackwood
Layout: Sina Blackwood

Herstellung und Verlag:
BoD – Books on Demand, Norderstedt
ISBN: 9783755735205

Willkommen im 15. Jahrhundert

Sigmund, der Münzreiche, Titularerzherzog von Österreich und Regent von Oberösterreich hatte gerade die Burg verlassen, als ein berittener Bote in den Hof galoppierte. Er warf einem Stallknecht die Zügel seines schäumenden Rosses zu und verlangte, auf der Stelle zur Geliebten des Burgherrn, der Dame Maja, gebracht zu werden.

Ein Laufbursche eilte davon. Augenblick später ließ die Dame den Reiter mit einem unguten Gefühl zu sich bitten.

Die Türklinke noch in der Hand, deutete der Fremde eine Verbeugung an und raunte: „Herrin, Ihr seid in Gefahr."

Sie legte einen Zeigefinger auf ihre Lippen und wies ihn mit Gesten an, ihr zu folgen. Wohin der kurze Geheimgang führte, wusste der Mann nicht, nur, dass der Ort wirklich sicher sein musste.

In einer wohnlichen Kammer deutete Maja auf einen Schemel, setzte sich ebenfalls und befahl: „Sprecht!"

„Katharina spinnt Intrigen und trachtet Euch nach dem Leben."

Maja wurde blass. Der Arm Katharinas von Sachsen, der zweiten Ehefrau Sigmunds, reichte weit. Die gelegentlichen Seitensprünge ihre Gatten mit Frauen aus dem Volk nahm sie hin, nicht aber die feste Liaison mit ihr, der geheimnisvollen Schriftstellerin, von der niemand wusste, woher sie gekommen war.

„Wer schickt Euch?", fragte sie ziemlich irritiert, denn Sigmund spielte die offensichtliche Gefahr seit Wochen herunter.

„Jemand, der Euch sehr verehrt, um nicht zu sagen, jemand, der Euch liebt", bekam sie zur Antwort.

„Ah ja. Es ist zu seiner Sicherheit also besser, wenn ich seinen Namen nicht kenne", stellte sie in den Raum, erhielt aber ein zustimmendes Nicken.

„Man hält für Euch eine Kettenrüstung bereit. In der Gewandung eines kriegstauglich gerüsteten Knappen könnte man Euch aus der Burg bringen, wenn Ihr das wünscht."

„Wer und wohin?", hauchte Maja, der das Grauen langsam den Rücken hinauf kroch.

Er lächelte kaum merklich. „Sehr weit weg. An einen Ort, wo man Eure Kunst schätzen und Euch Zuflucht gewähren wird. Haltet Euch bereit, wenn Euch Euer Leben lieb ist." Er erhob sich, um anzudeuten, dass er auch ohne ihre Erlaubnis gehen musste.

„Wie bekomme ich Bescheid?"

„Ihr werdet zu gegebener Zeit die nötigen Dinge erhalten und solltet dann sofort die Burg verlassen."

Maja nickte stumm. Still führte sie ihn durch den Geheimgang zurück. Als er auf einem frischen Pferd die Burg verließ, schaute sie ihm so lange hinterher, bis er nur noch als winziger Punkt in der Ferne zu sehen war. Dann versank sie in schwermütige Gedanken. Ja, Sigmund hatte sich in den letzten Monaten verändert. Sie erinnerte sich an jene Zeit, als sie ihr altes Leben aufgegeben hatte, um hier auf seiner Jagdburg zu leben.

Damals hatte sie sich, um ihn nicht zu verlieren, durch den Mauerspalt gezwängt, der ihre und seine Welt trennte, und fast mit dem Tod dafür bezahlt.

„Nicht bewegen, Liebste. Es wird alles gut." Sigmund drückte ihren Oberarm ab, um die sprudelnde Blutung einzudämmen.

Sein Medicus nahte bereits mit langen Schritten, in der Hand einige dünne Lederriemen.

„Euer Leben gegen ihr Leben", raunte ihm Sigmund zu, begleitet von einem Blick, der nichts Gutes verhieß, sollte seine Geliebte nicht überleben.

Mit den Worten: „Ich bin kein Zauberer", band der Heilkundige den verletzten Arm ab, um sich rasch einen Überblick zu verschaffen, ehe er Maja, in einen Umhang gebettet, ins Haus bringen ließ.

„Wer ist sie und was ist geschehen?", fragte er beim Anblick der ungewohnten Kleidung Sigmund, der mit sorgenvoller Miene neben dem Bett stehengeblieben war und jede seiner Bewegungen genauestens beobachtete.

„Zügelt Eure Neugier!"

Diese Reaktion sagte dem Medicus mehr, als er erfragt hatte, und so setzte er alles daran, sein Leben nicht zu verwirken. Denn, dass es tatsächlich an dieses gehen werde, hatte er schlagartig begriffen. Seine Patientin war inzwischen in eine tiefe Ohnmacht gefallen, die ihr die schlimmsten Schmerzen ersparte, als sich der Arzt daran machte, die Bruchstücke des gesplitterten Ellbogens zusammen zu puzzeln und einigermaßen zu richten.

Die großflächigen Schürfwunden machten ihm weniger Sorgen. Die betupfte er mit Honig, damit sie rasch und narbenfrei heilten. Sigmund würde ihm die Leviten lesen, entstellte irgendetwas durch eine Nachlässigkeit das Gesicht seiner Geliebten.

Inzwischen hatte sich auch der Riss oberhalb des Bruches mit einem dicken Grind verschlossen. Der Medicus lockerte den Lederriemen etwas, wartete ein paar Sekunden, ehe er bekanntgab: „Das dürfte heilen. Ich werde jetzt eine Schiene anlegen, denn sie darf den Arm nicht einen Millimeter bewegen." Dass er ein wanderndes Blutgerinnsel in den Adern befürchtete, verschwieg er lieber.

Stattdessen verlangte er, man möge der geheimnisvollen Fremden einen Sud aus Brennnesseln zu trinken und Gerichte mit viel Kohl zu essen geben. Es genügte vollends, wenn er um die blutverdünnende Wirkung in ausreichender Menge wusste. Dass Brennnessel zugleich stark harntreibend wirkte, stand auf einem anderen Blatt. Mann musste nur dafür sorgen, dass die Verletzte in den nächsten Tagen nicht herumlief, was ihre Kammer fürs Erste optisch in eine Gefängniszelle verwandelte.

Sigmund bestimmte eine Magd als Pflegerin für Maja und widmete sich seinen Regierungsaufgaben. Dass er in Gedanken mit völlig anderen Dingen, als Steuern und Abgaben, beschäftigt war, merkte er besonders daran, dass er alle Textpassagen und Rechnungen mehrmals prüfen musste, um brauchbare Ergebnisse zu erzielen. Er hatte gehofft, Maja zum Bleiben bewegen zu können, aber nicht erwartet, dass sie es tatsächlich tun werde.

Er würde also in nächster Zeit ziemlich oft, ziemlich lange zur Jagd hier residieren und seine Geschäfte von hier aus führen. Frisch vermählt hin oder her. Seine brandheiße, liebeshungrige Geliebte bedeutete ihm sehr viel mehr, als seine blutjunge im Bett unerfahrene Gattin, die er aus rein politischen Gründen geehelicht hatte.

Sigmund legte den Federkiel beiseite, schaute nach dem Stand der Sonne und beeilte sich, nach Majas Befinden zu fragen.

„Sie schläft, mein Herr", flüsterte das Dienstmädchen.

Sigmund beugte sich hinunter und hauchte Maja einen flüchtigen Kuss auf die Stirn. Die kühle Haut beruhigte ihn. Er hoffte inständig, das werde auch so bleiben.

Dann fiel ihm ein, dass sie dringend andere Kleider brauchte, um keine lästige Neugier zu erregen. So ließ er nach dem Schneider schicken, obwohl noch nicht einmal sicher war, dass sie die Verletzungen überleben werde.

Der Medicus betrat die Kammer. Er wunderte sich keineswegs, den Landesherrn hier vorzufinden.

„Ich habe Johannis- und Eisenkraut mitgebracht. Das sollte einer Entzündung der tieferen Wunden vorbeugen", erklärte er, die Tinkturen auf den Tisch stellend. „Für die lädierte Wange bleiben wir bei Honig."

Maja schlug stöhnend die Augen auf. „Sigmund", hauchte sie, „Ihr seid tatsächlich da. Ich glaubte, geträumt zu haben."

„Ja, ich bin bei Euch. Und ich werde bleiben, bis es Euch wieder besser geht", versprach er, ihre unverletzte Hand streichelnd.

„Und dann?"

„Muss ich hin und wieder wenigstens so tun, als interessiere ich mich für meine Frau."

Die Magd fiel aus allen Wolken, der Medicus grinste innerlich, Maja lächelte selig.

Sigmund verabschiedete sich mit einem heißen Kuss und wies die Magd an, Maja alles zu bringen, was diese verlangte. Weil es Branntwein zu diesem Zeitpunkt noch nicht gab, wie Maja wusste, ließ sie sich einen Krug Wein bringen, um die Schmerzen halbwegs zu ertragen und in der Nacht schlafen zu können.

Der Medicus rieb sich erfreut die Hände. Es war anzunehmen, dass er von dem bisher gewohnten Geschrei und Gewimmer der Weiber verschont blieb. Eine *Dame,* die in Hosen erschien, und den Schmerz wie ein Kerl hinunterspülte, imponierte ihm. Wenn sie nach ihm riefe, werde er wie der Blitz erscheinen, weil dann wirklich höchste Alarmstufe herrschte.

„Ich habe ein paar Probleme, Euern Dialekt zu verstehen, edle Dame", seufzte er nur. „Woher kommt Ihr?"

Maja hatte schon fast der platte Witz auf der Zunge gelegen: Vom Glühweinstand. Sie besann sich aber rasch, alles vermeiden zu müssen, was zu noch mehr Fragen führen konnte. In diesem Jahrhundert, und besonders in ihrer Situation, wären Zweideutigkeiten und flapsige Sprüche völlig fehl am Platz gewesen. Also antwortete sie wahrheitsgemäß: „Aus Sachsen."

„Ach …“, der Heilkundige schaute sie mit ungläubig aufgerissenen Augen an.

„Nein, ich bin nicht mit dem Gefolge Katharinas gekommen", fügte Maja sofort hinzu. „Ich bin direkt aus Montecatini angereist." Was ja auch der Wahrheit entsprach.

Die Augen des Arztes wurden noch größer. „Dann habt Ihr also eine Pilgerreise hinter Euch!"

„Ja, man kann es durchaus so nennen", schmunzelte Maja. „Ich habe Firenze besucht, Siena, Lucca, San Gimignano, Pisa und Cremona. Auf der Heimreise bin ich dann an dieser wundervollen Burg vorbeigekommen und habe die Einladung Erzherzog Sigmunds angenommen."

„Ich verstehe nur nicht, wobei Ihr Euch solch seltsame Wunden zugezogen habt", sinnierte der Medicus laut.

„Bei einem Überfall unterhalb der Burg. Ich konnte mich gerade noch bis hierher schleppen, als mich die Kräfte verließen. Ob meine Begleiter mit dem Leben davongekommen sind, weiß ich nicht."

„Das erklärt natürlich vieles! Auch Eure andersartige Gewandung! Ihr müsst Jahre unterwegs gewesen sein!"

Rund 600 Jahre durch die Zeit, schoss es Maja durch den Kopf, was sie aber nicht aussprach. Stattdessen nickte sie nur. Sie hatte, auf die Schnelle, keine Ahnung, wie lange ihre Reise zu

Pferd von Sachsen, am Fuße des Erzgebirges, aus gedauert hätte.

Inzwischen war die Nacht hereingebrochen und ein anderes Mädchen übernahm die Wache am Krankenbett, so wie in den nächsten sieben Nächten. Dann gestattete der Medicus endlich, dass Maja aufstehen durfte. Bisher war sie auch nur liegen geblieben, weil ihr der Heiler in seiner Not erklärt hatte, was ihm blühen würde, stieße ihr irgendetwas zu. Sie hatte ihm also versprochen, nicht zu meutern und tapfer durchgehalten. Dafür hatte er ihr unter Mühen besorgt, was zu jener Zeit unüblich gewesen war.

Mangels Rohrzucker ließ sich Maja Rübenzucker herstellen, den der Heiler in seiner kleinen Hexenküche mühsam aus halbwegs süßen Rüben extrahierte. Als sie endlich mit eigenen Augen sehen konnte, welchen immensen Aufwand die wenigen Gramm kosteten, begnügte sie sich wieder mit Honig zum Süßen. Der war leichter zu haben und trotzdem noch teuer genug.

Wenn Sigmund sie mit „meine Teuerste" ansprach, konnte man das durchaus wörtlich nehmen. Der Gegenwert, brandheiße Nächte, in denen es keinerlei Tabu gab, wog dem Erzherzog die finanzielle Belastung offensichtlich mehrfach auf, denn er zückte sofort den Geldbeutel, wenn Maja Wünsche äußerte.

Ansonsten hielt sich Maja mit allem sehr zurück. Sie kannte die Geschichte, wusste, was kommen werde, und mischte sich in keinerlei politische Entscheidungen ein, wie es andere Mätressen immer wieder getan hatten. Sie verfolgte Klatsch und Tratsch einzig und allein aus dem Grund, zeitig genug zu merken, wenn Sigmund seine schützende Hand von ihr nehmen werde.

Mit dem Wissen des 21. Jahrhunderts hatte sie keine Mühe, sich das Leben auf der Burg recht angenehm zu gestalten. Weilte Sigmund bei seiner Frau, steckte Maja in der Kräuterküche des Heilers, der ihr sein Wissen vermittelte und medizinische Tipps der Neuzeit als Dank erhielt, die ihm garantierten, der Beste in weitem Umkreis zu bleiben. Er war es auch, der ihr als Erster berichtete, dass Katharina auf Rache sänne.

Die immer kürzeren Abstände, zwischen immer ausgedehnteren Jagdaufenthalten auf Fragenstein waren der betrogenen Gattin tief in die Nase gefahren. Zumal ja auch sie ihre Informanten hatte. Schließlich verlangte sie, auf einen der Ausflüge mitgenommen zu werden.

Sigmund schickte einen Boten nach Fragenstein, um das Unheil anzukündigen. Maja schnürte sofort ihr Bündel und ließ sich nach Zirl bringen, wo sie unter der Obhut eines Freundes des Medicus abwarten wollte, bis die Luft wieder rein sei.

„Jetzt spielt Ihr wirklich mit Eurem Leben", hatte sie ausgerufen, als er ihr den Vorschlag unterbreitete.

„Glaubt Ihr etwa wirklich, Ihr kämt allein zurecht?", hatte er nur geantwortet und dem Pferd einen Klaps auf den Hintern gegeben, damit es endlich lostrabte.

Majas Dienstmädchen lief eilig hinterher. Sie wollte um gar keinen Preis Katharina unter die Augen kommen. Womöglich stellte die Fragen, wie man es früher auf der Burg getan hatte, die daraufhin den Namen Fragenstein erhalten hatte, also offiziell ein Ort der *Befragung*, eben auch der peinlichen, also der Folter, gewesen war.

Katharina zog sich nach drei Wochen frustriert aus der Burg zurück, in der sie weder Spuren ihrer Nebenbuhlerin entdeckt hatte, noch irgendjemanden zum Reden bringen konnte. Möglich, dass die Rivalin schon lange fort war und sich jemand einen üblen Scherz erlaubt hatte, ihr falsche Informationen zu geben.

Die Ankunft Majas wurde Sigmund schon gemeldet, als ihr Pferd noch vor der Zugbrücke war. Er eilte in den Hof, um sie vom Rücken des Tieres zu heben.

„Ihr habt mir gefehlt!", rief er, sie fest in die Arme schließend.

„Dann fragt mich mal!", entgegnete Maja, die froh war, endlich wieder den Luxus der Burg genießen zu können. Das Mittelalter des kleinen Mannes war nur solange romantisch, solange man nicht tagtäglich darin leben musste. Dabei hatte sie die letzten Tage sogar bei einer gut betuchten Familie verbracht. „Eure Gattin macht mir Angst!"

„Ach was! Die beruhigt sich wieder", lachte Sigmund, für Maja festlich auftafeln lassend. Er freute sich schon jetzt unbändig auf die Annehmlichkeiten des Abends und der Nacht. Gegen das, was ihn da erwartete, muteten die ehelichen Pflichten fast wie eine Selbstbefriedigung am lebenden Objekt an.

Er sollte auch nicht enttäuscht werden. Zwar galt alles, was über das hinausging, was das 21. Jahrhundert als Missionarsstellung kannte, als tabu, aber wer Macht und Geld hatte, gönnte sich all das trotzdem. Schweigen, welches man nicht mit Geld erkaufen konnte, ließ sich notfalls mit Repressalien erwirken.

Flucht von Burg Fragenstein

Sigmund war, trotz aller Macht, sehr vorsichtig mit irgendwelchen Äußerungen, die Maja betrafen. Eigentlich gab es nur zwei Personen, die überhaupt eine Ahnung davon hatten, was wirklich zwischen den beiden lief – das persönliche Dienstmädchen Majas und der Medicus. Und der auch noch besser als ihm lieb war. Er hatte die beiden durch einen unglücklichen Zufall im Wald beim Baden an einem Bach beobachtet und seitdem plagten ihn heftige Gefühle, wenn er nur an Maja dachte.

Sie war scharfsinnig, hatte Kunstverstand und konnte anpacken … hübsch war sie … und … Medicus Fabian wurde es siedendheiß unterm Wams. Er hatte in den letzten drei Jahren immer wieder Gesprächsfetzen zwischen den beiden aufgeschnappt, die darauf hindeuteten, dass Maja niemals mehr nach Hause zurückkehren konnte, wenn Sigmund das Interesse an ihr verlieren sollte. Dann träumte er davon, sie für sich zu gewinnen und all die Dinge zu erleben, die jetzt allein Erzherzog Sigmund im Bett mit ihr zustanden.

Natürlich war er deshalb auch besonders hellhörig, wenn es um alles ging, was irgendwie mit Maja zusammenhing. So entging ihm auch nicht, dass Sigmunds Gemahlin begann, Gerüchte über dessen Geliebte auszustreuen. Das ging so weit, dass sie behauptete, als Siegmund mit Magenkoliken nach einem Jagdausflug nach Hause kam, Maja habe ihn vergiften wollen.

Die Lage eskalierte.

„Herrin, dies wurde für Euch abgegeben!" Das Dienstmädchen wuchtete ein schweres, in weich gegerbtes Leder eingeschlagenes, Bündel auf den Tisch.

„Von wem?"

„Von einem Herrn auf einem schwarzen Pferd."

Maja schüttelte amüsiert den Kopf. „Sein Name?"

„Den weiß ich nicht und das Wappen auf seinem Umhang konnte ich nicht erkennen." Sie hob bedauernd die Hände und verließ das Zimmer.

Komisch, ausgerechnet jetzt, wo sich das Glück rar machte, schickte jemand Geschenke. Maja begann, die Riemen aufzuknoten, dann schlug sie das Leder zurück. Mit tiefstem Erschrecken starrte sie das Kettenzeug und die Waffen an, die zum Vorschein kamen.

Nur nicht in Panik verfallen, hämmerte es in ihrem Kopf, während sie sogleich begann, ihre schönsten Kleider zusammenzurollen, nach Schmuck und Geld griff und alles in ebenjenes Leder schnürte, das gerade noch die Rüstung verborgen gehalten hatte.

18

Oft genug hatte sie in ihrem alten Leben tagelang schwere Kettenrüstung getragen, um sich sofort zurechtzufinden. Sie streifte den gesteppten Gambeson über, die Polsterhaube, unter der sie ihr langes Haar verbarg, schlüpfte in das langärmelige Kettenhemd und legte den Waffengurt um. Alles passte perfekt. Tausendfach geübte Handgriffe, die diesmal nicht zu einer Bühnenshow gehörten, sondern ihr das Leben retten sollten.

Der beidseitig geschliffene Dolch war höllisch scharf und Maja hütete sich, die Klinge zu berühren. Ein kurzes Einhandschwert komplettierte das Waffenarsenal. Maja ließ ihren Blick durch die Kammer schweifen. In einer der Truhen lag noch ihre alte Jeans, die sicher wärmer war, als das, was sie als Beinkleidung erhalten hatte.

Rasch tauschte sie die Hosen aus, wobei sie das mittelalterliche Gewand mit ins Bündel schnürte. Zwar stand der Sommer vor der Tür, aber sie hatte keine Ahnung, was die Zukunft bringen werde.

Sie zog die Kettenhaube über, den Umhang und verließ durch den Geheimgang ihre Kammer. Ungesehen gelangte sie zum Stall, wo sie eigenhändig ihr Pferd sattelte, welches sie dann zu einer der kleinen Pforten in der Mauer führte. Draußen stieg sie auf und trieb das Tier in schnellem Trab den Weg hinunter, um dann die Handelsstraße nach Innsbruck zu nehmen.

Das Gedankenkarussell raste. Was werde Sigmund tun, wenn er von ihrer Flucht erführe? Würde er sie verfolgen lassen? Oder wäre es ihm egal? Vielleicht begrüßte er es ja sogar, sie auf so elegante Weise loszuhaben? Er hatte in den letzten Monaten schwermütig und wenig leidenschaftlich gewirkt. Ja manchmal hatte er tagsüber nicht einmal Notiz von ihr genommen. Maja hatte sich nicht aufgedrängt. Nur die Furcht war gestiegen, plötzlich hilflos ausgeliefert zu sein.

Sie seufzte. Was war sie jetzt? Auf der Flucht! Und wohin? Sie wusste es nicht. Vielleicht war es ja sinnvoll …

„Darf ich mich Euch anschließen oder steht Euch der Sinn weniger nach Gesellschaft?", fragte jemand plötzlich genau hinter ihr.

Maja zügelte ihren Braunen und ließ den Fremden aufschließen. Er saß auf einem Rappen mit glänzendem Fell, hatte die Kapuze seines Umhangs ins Gesicht gezogen, unter der himmelblaue Augen wie kleine Sterne hervor strahlten. Ein Beipferd ohne Gepäck trabte hinterher.

„Zu zweit reist es sich angenehmer", erklärte Maja, ihr Pferd im Schritt weitergehen lassend.

„Woher kommt ihr?", fragte der Fremde.

Maja deutete über ihre Schulter. „Von da."

„Und ihr wollt sicher nach dort", schmunzelte der Reiter, mit dem behandschuhten Finger nach vorn zeigend.

„Richtig." Maja hob die Schultern.

„In wessen Dienst steht Ihr? Ich kann kein Wappen entdecken", bohrte der Neuankömmling weiter.

Maja wandte sich ihm mit finsterem Blick zu. „Was geht das Euch an?"

„Was seid Ihr gleich so unwirsch? Ich möchte einfach nur wissen, mit wem ich die Ehre habe, zu reisen."

„Ich bin Maximilian von Sebnitz", erklärte Maja kurzerhand, wobei nur der Vorname gelogen war. Irgendwie musste sie sich ja einen plausiblen Namen einfallen lassen, den sie sich auch selber gut merken konnte. Das *von* war zu jener Zeit nicht zwingend ein Adelsprädikat, sondern stand viel öfter nur dem Ort der Herkunft vor.

Der fremde Reiter schob seine Kapuze zurück. „Mich nennt man Georg von Freyberg-Eisenberg."

Maja kramte in ihrem Gedächtnis. Sie konnte den Namen nicht zuordnen, obwohl gerade sie hätte wissen müssen, wen sie vor sich hatte. Wie auch immer, das Aussehen des Herrn passte auf die Beschreibung vom Überbringer des Paketes, die Hanna gegeben hatte. So stellte sie fest: „Unser Zusammentreffen ist kein Zufall, nehme ich an."

„Nein, das ist es nicht. Ihr habt mich nur völlig überrascht, Euch selbst mit einem Pferd versorgt zu haben. Ich hatte Euch zu Fuß erwartet."

Maja zuckte wortlos mit den Schultern.

Es irritierte Ritter Georg doch sehr, dass sie alle Informationen hinnahm, ohne verbal darauf einzugehen. „Interessiert es Euch gar nicht, wohin ich Euch bringen soll?"

„Sicher interessiert mich das. Aber da Ihr gerade so im Redefluss wart, wollte ich Euch nicht unterbrechen. Ich denke, Ihr werdet mir zeitig genug sagen, was Ihr vorhabt. Und glaubt ja nicht, dass ich mich nicht wehren könnte, ginge mir etwas gegen den Strich!"

„Meister Fabian hat wohl recht, wenn er Euch eine Raubkatze mit scharfen Krallen nennt!", lachte Georg.

Maja grinste breit und fragte ziemlich überrascht, weil Georg frei von der Leber redete: „Das hat er gesagt?"

„Hat er. Und ich soll Euch, auf seine Bitte hin, zur Burg Hohenfreyberg bringen."

„Das werdet Ihr schön bleiben lassen", rief Maja sofort angriffslustig. „Ich habe eine Allergie gegen diese Burg."

„Eine was?! Ich verstehe nicht", stotterte Georg sichtlich verwirrt.

„Jetzt fällt mir auch endlich ein, in welchem Zusammenhang Euer Name mit dem Erzherzog steht!" Maja kniff die Augen zusammen. „Wenn das hier keine Falle ist, und Ihr mir wirklich helfen wollt, dann bringt Ihr mich an jeden Punkt dieser

Welt, nur zu keiner Burg, die, wie auch immer, Erzherzog Sigmund gehört! Und nach Hohenfreyberg schon gar nicht!"

Wie hätte sie Georg auch erklären sollen, in einem anderen Leben dort gestorben zu sein und das nicht wiederholen zu wollen.

„Ich schwöre Euch, nichts Böses vorzuhaben. Ich habe lediglich Fabian versprochen, Euch aus dem direkten Gefahrenkreis zu bringen. Da ich selber auch auf der Suche nach neuen Herausforderungen bin, stehen uns alle Wege offen. Sagt, wohin Ihr wollt, und ich werde über Euch wachen, bis wir am Ziel sind."

„Rosamunde Pilcher lässt grüßen", murmelte Maja und verzog das Gesicht. Laut erwiderte sie: „Vermutlich gehen an diesem Punkt unsere Interessen bereits sehr auseinander. Ihr werdet Euch als Ritter hervortun wollen. Ich suche lediglich einen Platz, wo man mich in Ruhe lässt."

Der Blick Georgs veranlasste sie, hinzuzufügen: „Ja, schon gut. Bla, bla, bla wir haben das 15. Jahrhundert und ich werde versuchen, Euch nicht zu verärgern."

„Ihr seid ein Buch mit sieben Siegeln, das womöglich voller Rätsel steckt. Wir sollten vernünftigerweise versuchen, ein Quartier für die Nacht zu finden und uns nicht erwischen zu lassen. Immerhin habe ich Euch bei der Flucht geholfen. Mein Risiko ist nicht geringer, griffe man uns auf."

„Verzeiht mir bitte." Maja wusste, dass es dumm war, dem Einzigen, der ihr nun noch helfen konnte, das Leben schwer zu machen. „Knappe Maximilian erwartet Eure Befehle."

„Dann folgt mir!" Ritter Georg ließ seinen Rappen in leichten Galopp fallen.

Auf diese Weise schafften sie einige Meilen, bis sich die Sonne endgültig anschickte, für heute hinter den Felsmassiven zu verschwinden. Georg hielt auf ein großes Bauernhaus zu. Die Bäuerin kam gelaufen und begrüßte ihn herzlich. Maja verstand kein einziges Wort.

„Wir bekommen ein gemütliches Plätzchen im Heu", erklärte Georg, sprang vom Pferd, ohne sich um Maja zu kümmern, und folgte der Bauersfrau.

Maja, der Knappe Maximilian, hätte sich auch sehr gewundert, wenn er anders reagiert hätte. Nur kein Aufsehen erregen, hieß die Devise. Also folgte sie rasch seinem Beispiel und kümmerte sich, kaum dass die Frau gegangen war, zuerst um das Pferd ihres Ritters.

„Bleibt fern! Womöglich beobachtet man uns", flüsterte sie, als er die weiteren Arbeiten übernehmen wollte.

Sie rieb alle drei Tiere trocken, schüttete ihnen Stroh und Hafer auf, ehe sie die Kettenhaube abnahm und sich zu Georg setzte. Der hatte mit dem Abendbrot gewartet.

„Man muss es ja nicht völlig übertreiben", meinte er, ihr Fladenbrot und einen Zipfel Wurst reichend.

Maja fasste nach ihrem ledernen Trinkbeutel. „Ist Eurer auch leer? Dann gebt ihn mir gleich zum Füllen mit!" Sie hielt die beiden Gefäße direkt unter den Zulauf der Pferdetränke, die mit wunderbar klarem Wasser aus dem Bächlein gespeist wurde, welches geradenwegs aus dem Gebirge kam.

„Wohl bekomm's, Herr Ritter!"

„Herzlichen Dank, schöne Frau! Als Nachttrunk habe ich für uns etwas Besseres auf Lager." Er hielt einen kleineren Beutel hoch, dessen Trinkrand umgeschlagen und mit Bändern mehrfach verknotet war, um nicht einen einzigen Tropfen des Inhalts zu verlieren.

„Roter Wein?", fragte Maja blinzelnd.

„Weißer, aber mindestens genau so gut, wie Eure Lieblingssorte."

„Ihr seid wohl über alles informiert?", rief Maja erschreckt.

Ritter Georg antwortete nicht, deutete aber im Sitzen eine Verbeugung an, worauf Maja tief dunkelrot anlief.

Georg entfärbte sich hingegen jäh und stammelte. „Oh weh. Vergebt mir, wenn Ihr irgendwie könnt."

„Ich versuche es", erwiderte Maja. Sie wickelte sich in ihre einfache Decke und schloss die Augen.

Georg atmete tief durch. Er hatte sie nicht verletzen wollen. Wie konnte er sich nur so gehen lassen? „Es tut mir so furchtbar leid", flüsterte er.

„Gute Nacht, Herr Ritter! Mir kann es eigentlich nur recht sein, wenn ich weiß, was Euch alles bekannt ist. Zur Strafe müsst Ihr mir morgen ganz genau erzählen, wie der Medicus darauf gekommen ist, Euch um Hilfe zu bitten. Für heute bin ich einfach zu müde."

„Schlaft gut, edle Dame. Es tut mir wirklich leid."

Maja setzte sich auf. Georg sah unendlich traurig aus und auch, als würde er am liebsten im Boden versinken. „Vielleicht beruhigt es Euch, dass Ihr seit ein paar Stunden ausschließlich mit Eurem Knappen gesprochen habt."

Ein winziges Lächeln huschte über Georgs Gesicht. „Danke!"

Maja blinzelte verschwörerisch und kuschelte sich wieder ins Heu. Wenige Sekunden später zeigten ihre tiefen Atemzüge an, dass sie fest eingeschlafen war.

Der Ritter blieb noch eine Weile sitzen, betrachtete ihre entspannten Gesichtszüge und legte sich die richtigen Worte für seine Erklärung am nächsten Morgen zurecht. Dann hüllte er sich in seinen Umhang und suchte sich einen Schlafplatz, von dem aus er Maja am besten beschützen konnte. Er begann zu verstehen, warum Meister Fabian alle Hebel in Bewegung gesetzt hatte, diese Frau in Sicherheit zu bringen. Georg hoffte, weder sie noch ihn zu enttäuschen.

Er hatte in den letzten Jahren genug Tiefschläge wegstecken müssen. Einer davon war, die Burg Hohenfreyberg wegzugeben, die Maja zu meiden schien, wie der Teufel das Weihwasser. Dabei konnte sich Georg beim besten Willen nicht an irgendwelche Vorfälle erinnern, die dies hervorgerufen haben könnten. Ausgenommen die Zeit, seit sie verkauft worden war.

Er schaute noch einmal zu Maja hinüber, ehe er in einen Schlaf voller wirrer Träume sank.

Der Morgen begann mit einem Donnerschlag, der die beiden entsetzt aus dem Heu springen ließ. In unmittelbarer Nähe musste ein Blitz praktisch aus heiterem Himmel eingeschlagen haben. Die Pferde schnaubten ängstlich, der Hofhund bellte wie wahnsinnig und aufgescheuchte Hühner stoben wild durcheinander.

Majas rasender Herzschlag beruhigte sich recht schnell und sie spähte in der Scheune umher, auf der Suche nach Eiern, die die Hühner in der Panik irgendwohin, statt in die Nester im Stall gelegt hatten. Mit einem zufriedenen Schmunzeln hielt sie Georg vier Eier vor die Nase. „Eine Mahlzeit wäre uns sicher."

„Hervorragend!", freute sich der Ritter. „Auf der nächsten Rast werden wir sie uns schmecken lassen."

Maja schaute ihn fragend an.

„Tut mir leid, wir müssen weiter."

Sie rollten ihre Decken zusammen, steckten die Eier mit ein wenig Heu in einen Beutel, damit sie nicht zerbrachen, sattelten die Pferde und zogen im strömenden Regen davon. Die Sturzbäche aus den Wolken verwischten alle Spuren, wie Georg mit Zufriedenheit feststellte. Das Donnergrollen verzog sich langsam in der Ferne.

„Wohin reiten wir?", fragte Maja schließlich.

„Ich weiß es nicht", gab Georg unumwunden zu. „Hier gibt es in meilenweitem Umkreis keine Burgen, die nicht unter dem Einfluss des Erzherzogs stehen."

„Und in der Region um Sirmione?"

„Ihr wisst aber, dass wir da durch das ganze Tal müssen, vorbei an Dutzenden Burgen, die dem Erzherzog gehören oder Untertan sind?", fragte Georg vorsichtig.

„Aber es gibt kein Telefon, kein Internet, keine Hubschrauber, Beobachtungsdrohnen und solchen Kram. Es sollte doch irgendwie möglich sein, unerkannt zu bleiben, wenn Hanna und Fabian den Mund gehalten haben", überlegte Maja laut. „Dass sich Sigmund meinetwegen die Mühe macht, Reiterstaffeln in alle Himmelsrichtungen zu schicken, will ich einfach nicht glauben."

Georg schnaufte. „Ich habe zwar nur die Hälfte von dem verstanden, was Ihr sagtet, weil mir die Begriffe nicht geläufig sind, die Ihr verwendet, glaube aber auch nicht, dass er großräumig suchen lässt. Das kann er sich schon wegen seiner Frau und der politischen Lage nicht leisten. Noch können wir frei wählen, welche Richtung wir einschlagen. Erst dann, wenn uns jemand im Nacken sitzt, wird es schwierig."

„Sprecht Ihr die Sprachen, der südlichen Regionen?", wollte Maja wissen.

Georg wiegte langsam den Kopf. „Ein wenig. Ich kann mich verständlich machen, um eine Herberge und Essen zu bekommen, wenn Ihr das meint?"

Maja seufzte. „Ja, das war der Sinn meiner Frage."

„Ich schlage vor", erklärte der Ritter, „wir folgen dem Fluss und machen in Brixen etwas länger Pause, um uns bei den Krämern für die Weiterreise einzudecken."

„Was immer Ihr wollt, ohne Euch wäre ich wohl völlig hilflos." Maja überrechnete im Stillen, was sie im Geldsäckel trug. Nicht eben viel, für eine weite Reise.

Als habe Georg ihre Gedanken gelesen, sagte er: „Mir obliegt es dabei, dafür zu sorgen, dass mein Knappe nicht darben muss. Ihr müsst keine Furcht haben, Hunger zu leiden oder schlecht gewandet zu sein. Ich werde nicht vergessen, in welcher Lage Ihr Euch befindet. Vielleicht könntet Ihr Euch ja sogar dazu durchringen, hin und wieder ein paar kleine Zärtlichkeiten an Euern Ritter zu richten, die Ihr dem Erzherzog eh nicht mehr geben wollt. Natürlich nur, wenn ich Euch nicht völlig zuwider bin. Solltet Ihr je zu Sigmund zurückkehren wollen, werde ich sofort aus Eurem Leben gehen."

Maja hob überrascht den Kopf und begegnete dem völlig ruhigen Blick Georgs. Darin waren weder Gier noch Schadenfreude zu sehen. Im Gegenteil, er strahlte Ehrlichkeit und einen Funken Hoffnung aus. Es waren auch keinesfalls nur ökonomische Gründe, die sie sagen ließen: „Dann sollten wir wohl nicht die Klöster bevorzugen, wenn wir übernachten."

Georg, der erwartet hatte, sie werde ihn wie Abschaum betrachten, klappte der Unterkiefer herunter.

„Sputen wir uns, Herr Ritter, sonst müsst Ihr im Wald Eure Decke mit mir teilen!" Maja blinzelte ihm zu und trieb ihr Pferd an.

Kopfschüttelnd folgte ihr Georg. Die Reise mit unbekanntem Ziel, roch gewaltig nach Abenteuern jedweder Art.

Lebensretter

Maja wusste aus Erfahrung, dass es auf der modernen Autobahn des 21. Jahrhunderts etwa 84 Kilometer von Innsbruck nach Bozen waren. Jetzt konnte sie weder auf vernünftige Wege noch darauf setzen, in einer Stunde dort zu sein. Zudem musste man allerlei Gefahren einplanen. Von Wegelagerern bis zum Bergrutsch konnte vieles über sie hereinbrechen.

Die Nachmittagsrast hielten sie am Waldrand, wo Maja drei Forellen über einem kleinen Feuer an Zweigen garte. Sie, als Knappe, durfte schließlich angeln, was ihrem Ritter völlig ehrenwidrig gewesen wäre. Sie hatte flugs ein Grasbüschel aus dem Uferbewuchs gezerrt und tatsächlich ein paar Regenwürmer in der feuchten Erde gefunden.

Die gefräßigen Fische hatten den Köder sofort angenommen und waren Maja buchstäblich in die Hände geschwommen. Sie warf sie einfach auf die Wiese, damit sie auch nicht zufällig entkommen konnten.

„Ihr seid geschickt", staunte Georg, weil die ganze Prozedur nicht einmal zwanzig Minuten gedauert hatte.

„Vor allem aber hungrig", lachte Maja, ihm zwei der garen Forellen reichend. „Not macht bekanntlich erfinderisch. Alles, was größer als ein Hase ist, lasse ich mit Freuden Euch, auf dass Ihr es erlegt."

„Man würde uns der Wilderei anklagen."

„Ich weiß. Deshalb habe ich auch mehrmals geschaut, dass Sträucher die Sicht verdecken, als ich die Fische fing. Möchte lieber nicht wissen, wem sie gehören." Sie bedeckte die Reste mit Erde. „Ohne diese Mahlzeit wäre ich sicher vom Pferd gefallen. Mir war schon übel vor Hunger. Die zwei Eier und das winzige Stück Brot zu Mittag haben den Hunger eher angefacht, als ihn zu stillen."

Ritter Georg war es ähnlich ergangen, nur war er zu stolz, das zuzugeben. Umso dankbarer war er gewesen, als sein *Knappe* die Initiative ergriffen und für einen vollen Magen gesorgt hatte.

Nach einer Stunde zogen sie gemächlich weiter, die direkte Nähe aller Burgen meidend. Die Gegend war wildromantisch und schien meilenweit unbewohnt zu sein.

Maja genoss den langsamen Ritt am Fuße der Dolomiten entlang. Die Felsen glänzten fast schneeweiß in der Sonne. Dieser Flecken Land schaffte es immer wieder, sie komplett in einen Bann zu ziehen, aus dem es kaum ein Entrinnen gab. Die Unterhaltung war in den letzten beiden Stunden fast ganz zum Erliegen gekommen und jeder hing seinen eigenen Gedanken nach.

Die von Georg drehten sich vor allem um einen sicheren Schlafplatz, denn bis zur nächsten größeren Siedlung würden sie es nicht mehr schaffen. Er hatte keine Ahnung, ob man den Bewohnern der abgeschiedenen Höfe trauen konnte. Vielleicht wäre es im Wald ja sogar sicherer. Maja vertraute ihm. Sie würde jede seiner Entscheidungen diesbezüglich akzeptieren. So schaute er mit Sorge nach dem Stand der Sonne.

„Georg! Hört Ihr das?" Maja hatte ihn am Arm gepackt und die Worte in höchster Erregung gezischt.

Von ihrem seltsamen Verhalten alarmiert, spitzte er die Ohren. Das asthmatische Schnaufen passte zu keinem Tier, das er kannte. Zudem kamen die Geräusche nicht vom Boden. Ihre drei Pferde bewegten unruhig die Ohren. Da fiel etwas Großes von den Ästen herab, den Ritter vom Pferd zerrend. Maja hatte ihr Pferd zurückgerissen und wurde um Haaresbreite verfehlt.

„Raubgesindel!", schrie sie, zog ihren Dolch und stach auf den Angreifer ein, der damit wohl nicht gerechnet hatte. Ihr Pferd ging auf die Hinterhand und verpasste ihm zusätzlich einen Hufschlag mitten ins Gesicht. Er ließ von ihr ab und rannte um sein Leben.

Georg lag, benommen vom Sturz auf den Rücken, am Boden. Der zweite Räuber kniete mit erhobenem Dolch auf seiner Brust, bereit zuzustoßen. Maja riss, vom Pferd gleitend, das kurze Schwert aus der Scheide und zog es ihm in einer halben Drehung durch den Hals. Zuckend sackte der Geköpfte zusammen. Maja zerrte ihn von Ritter Georg herunter.

Sofort versuchte sie, herauszufinden, welche Verletzungen Georg erlitten hatte und ob sie ihm

noch werde helfen können. Da schlug er endlich die Augen auf.

„Maja …"

„Ganz ruhig. Mir ist nichts geschehen. Könnt Ihr Euch bewegen?"

„Ich glaube schon." Ächzend winkelte er die Beine an und fasste nach der hingehaltenen Hand.

Maja zog ihn auf die Füße, wo er noch einige Sekunden schwankend stehenblieb, sich auf ihre Schulter stützend. Sein Blick glitt zur Seite, wo die kopflose Leiche in ihrem Blut lag.

„Habt Ihr ihn …?!"

„Ich war so frei, bevor er das Gleiche mit Euch machen konnte." Sie half ihm, sich auf den Boden zu setzen, dann wischte sie mit Grasbüscheln das Blut von ihren Waffen, die sie sofort wieder an ihren Gürtel steckte. „Den anderen muss ich wohl auch etwas gröber erwischt haben. Zudem hat ihn mein Ross übel zugerichtet." Sie klopfte dankbar den Hals des Braunen. „Mich hat wohl mein sechster Sinn gerettet. Ich habe den Braten geradezu gerochen."

Georg stemmte sich auf die Füße, schloss Maja in die Arme und küsste sie heiß und innig. „Ihr habt nicht nur einen Wunsch frei!", rief er, sie so fest haltend, als wolle er sie nie mehr loslassen.

„Ich werde es mir gut merken", lachte sie. „Im Augenblick wäre ich schon froh, doch noch ein Haus zu finden."

Georg quälte sich aufs Pferd. „Ich auch."

Maja nahm dem Toten noch rasch Waffen und all jene Dinge ab, die sie auf ihrer Reise gebrauchen konnten, dann ritten sie trotz einbrechender Dunkelheit weiter. Möglicherweise steckte ja noch mehr zwielichtiges Gesindel im Wald. Georg hätte keine Nachtwache übernehmen können und Maja war sich ziemlich sicher, nicht noch einmal zwei kräftige Männer durch glücklichen Zufall besiegen zu können.

Irgendwann schälte sich die Silhouette eines Häuschens aus dem Dunkel, ein Hund schlug an und drei Männer schwenkten Laternen, um besser sehen zu können. Sie leuchteten an den beiden Reitern hinauf, die zielstrebig auf sie zuhielten.

„Oh, mein Gott! Ihr seid doch nicht etwa auch überfallen worden?", rief einer, beim Anblick der beiden blutverschmierten Männer.

„Auch?", fragte Georg ungläubig.

„Ja, ja. Vor einer Weile ist hier ein Mann angekommen, der ist auf übelste Weise zugerichtet worden, um an sein Eigentum zu kommen", erhielt er zur Antwort.

Georg wechselte einen schnellen Blick mit Maja, die kaum merklich nickte.

„Wo ist er jetzt?", wollte Georg wissen.

„In der Scheune. Er wird sicher schlafen. Ich bringe Euch zu ihm."

Ritter Georg stieg vom Pferd. Maja gewahrte aus den Augenwinkeln, wie ein dunkler Schatten aus besagter Scheune huschte und Fersengeld gab. Sie spornte ihr Pferd an, packte den Flüchtigen am Schlafittchen und riss ihn einfach um. „Ach, wen haben wir denn da?! Bindet ihn mit Stricken! Und ja hübsch fest! Mordbube, dachtest du wirklich, du entkommst ungestraft?"

Keiner wagte, zu widersprechen. Einer stellte seine Laterne ab, um den Befehl der beiden hohen Herren auszuführen. Denn, dass der Ritter seinen Knappen gewähren ließ, konnte nur heißen, dass dieser von nicht minderem Adel war und diverse Vollmachten seines Herrn genoss.

„Ich habe diesen Kerl so gezeichnet, als er mit seinem Kumpan im Wald auf leichte Beute gelauert hat", erklärte Knappe Maximilian. „Dem anderen ist der Raubzug nicht so gut bekommen. Hab ihm seinen Kopf vor die Füße gelegt."

Mit offenen Mündern starrten die Männer den zierlichen Knappen an, als dessen Ritter bestätigend nickte. Zwei Frauen kamen aus dem Haus, um die Fremden zu begrüßen und sie hereinzubitten. Einer der Männer kümmerte sich um die Pferde der Reisenden.

„Seid Ihr beide verletzt?", fragte der Hausherr, Ritter und Knappen von Kopf bis Fuß musternd.

„Nur mein Herr", erklärte Maximilian. „Auf ihn erfolgte der Angriff aus dem Hinterhalt am hef-

37

tigsten. Könnt Ihr mir Arznei für seine Wunden verkaufen, die da sind: Prellungen, Stauchungen, Schürfwunden und ein oberflächlicher Dolchstich?"

„Ich bringe Euch, was Ihr benötigt. Meine Schwiegertochter wird das Blut aus Euern Kleidern waschen", bot die Bäuerin an, worauf ihr Maja die Umhänge reichte.

Maja legte eine Goldmünze auf den Tisch. Sie wusste, dass Georg dafür wahrhaft königliche Behandlung bekommen werde. So standen auch Augenblicke später Speise und Trank auf dem Tisch und Georg bekam ein Bett in einer Kammer im Haus. Der Knappe erhielt zwei Schaffelle, damit er sich komfortabel auf den Boden legen konnte, um nah bei seinem Herrn zu sein.

Georg überlief ein wohliger Schauer, als Maja die Salbe auf seinem nacktem Oberkörper verteilte und auch alle jene Stellen streichelte, an denen keine Blessuren zu entdecken waren.

„Ihr habt mir noch immer nicht erzählt, warum Ihr für den Medicus Kopf und Kragen riskiert, indem Ihr mir helft", beschwerte sie sich halb im Scherz, Georg sein Hemd reichend.

Der zog sie neben sich ins Bett. „Aus dem gleichen Grund, aus dem ich mich ab heute für Euch in Stücke hacken lassen würde, wenn ich Euch damit vor dem Tod bewahren kann. Er hat mir bei einem Turnier das Leben gerettet, als mich alle schon aufgegeben hatten. Irgendwie war es ihm gelungen, das fast erloschene Lebenslicht wieder anzufachen."

„Ich vermute, der heutige Sturz vom Pferd hat alte Verletzungen wieder aufbrechen lassen", murmelte sie.

„Genau so fühlt es sich an", gab Georg zu. „Ihr werdet mich jetzt sicher für einen Schwächling halten."

„Ganz bestimmt nicht. Ich weiß selber, wie es ist, wenn einem das Wetter in die Knochen fährt." Sie massierte ihren Ellbogen, der bei Kälte und jedem Wetterumschwung heftig ziepte. „Hab früher immer über die Alten gelacht, wenn sie über ihr Zipperlein klagten – heute liegt es mir fern, sie darum zu verspotten. Aber das kann wohl nur nachvollziehen, wer selbst betroffen ist." Sie kuschelte sich an, wünschte eine gute Nacht und schlief in kürzester Zeit ein.

Georg hielt sie fest im Arm und ließ noch einmal vorüberziehen, was er in der kurzen Zeit mit ihr erlebt hatte. Es war wohl das erste Mal, dass er eine Frau nicht als Last oder Spielzeug betrachtete. Dieses, so verletzlich wirkende, zarte Geschöpf hatte wie eine Bestie zugeschlagen, als es um Leben oder Tod ging.

Dass sie anders war, als alle anderen Frauen, hatte ihm schon Meister Fabian berichtet. Sie schien Dinge zu wissen, die weit über das hinausgingen, was die besten Gelehrten kannten. Er hatte sie ja mit eigenen Ohren Worte sprechen hören, die ihm völlig fremd waren. Und dann dieses seltsame Beinkleid, das sie trug ... ein Stoff, den er noch nie gesehen hatte ...

Am Morgen hatte Georg keineswegs vergessen, was ihm am Abend durch den Kopf gegangen war. Maja lag noch immer an seiner Seite, ihre Hand ruhte auf seiner Brust. Erfreut, nicht nur davon geträumt zu haben, lächelte er.

Sie blinzelte völlig verschlafen. „Wie geht es Euch?"

„Mit der wundervollsten Frau an meiner Seite, hervorragend!"

„So viel zum Ego", schmunzelte sie. „Und was sagt der Körper?"

„Der hält sich zurück, um Euch keinen Kummer zu machen. Ich glaube, die Weiterreise dürfte kein Problem sein. Wir nehmen Euren Gefangenen mit, den wir in Brixen dem Gericht übergeben werden. Vielleicht springt eine kleine Belohnung heraus, die uns nur recht sein kann."

Mit allen guten Wünschen der Bauersleute und frischem Proviant machten sie sich etwas später auf den Weg. Den Delinquenten hatte Georg bäuchlings quer über dem dritten Pferd verschnürt, damit der nicht die geringste Chance hatte, zu türmen. Das Gewimmer und Schmerzgeschrei, weil er die Stricke etwas fester gezogen hatte, interessierte keinen.

Georg nahm den Faden zum vergangenen Abend auf: „Woher hattet Ihr die seltsame Münze?"

„Kriegsbeute", entgegnete Maja leise. „Die beiden Gauner hatten reiche Ernte gehalten, bis wir ihnen das Handwerk legten. Der Fiorino stammt sicher von einem Kaufmann, den sie um Gulden und Leben erleichtert haben. Ich habe den Inhalt der Geldkatze an mich genommen und nur ein paar Kupfermünzen zurückgelassen." Sie schob ihren Umhang ein wenig zur Seite, um ihm einen Blick auf einen prallgefüllten, auffallend großen Geldbeutel zu geben, den sie in einen seitlich aufgeschnittenen ledernen Trinksack geschoben hatte, wodurch er für Uneingeweihte auch als Wassersack erschien.

Ritter Georg schüttelte stumm den Kopf. Sie überraschte ihn immer wieder. Aus den unmöglichsten Situationen zog sie einen Vorteil, der ihnen beiden von Nutzen war. „Ihr seid der beste Weggefährte, den es geben kann!"

„Heißen Dank, mein hoher Herr." Maja deutete, wirklich erfreut über das Lob, eine Verbeugung an. „Euer ergebener Knappe tut, was immer er kann."

Am Nachmittag musste es nicht mehr weit bis nach Brixen sein, denn die Wege wurden zunehmen voller. Unzählige Augenpaare musterten die beiden Reiter mit ihrem Gefangenen, der wahrhaft jämmerlich aussah. Als sie die Stadtmauer passierten, fragte Ritter Georg sofort nach dem Sitz des Gerichtes und bekam zuvorkommende Auskunft.

„Es hat sich einiges verändert, seit ich das letzte Mal hier war", stellte Maja fest, nachdem sie sich lange umgeschaut hatte.

„Ihr kennt die Stadt?" Georg schaute Maja verblüfft an.

„Nur von der Durchreise", schränkte sie sofort ein. „Damals habe ich völlig vergeblich versucht, einen Labello-Stift zu kaufen. Am Ende habe ich Babycreme genommen, um die wunden Lippen einigermaßen zu beruhigen."

„Dann wart Ihr also im Winter hier?"

„Nein, bei 30 Grad im Schatten. Die aufgeplatzten Lippen hatte ich der Klimaanlage des Reisebusses zu verdanken."

Georg starrte sie an, als habe sie den Verstand verloren oder vielmehr, als werde er ihn gleich verlieren. „Was ist ein Stift? Was eine Klimaanlage? Von einem Reisebus habe ich auch noch nie gehört!"

Maja zuckte zusammen. Die Erinnerungen waren ihr versehentlich verbal entglitten. „Wenn ich es Euch wirklich erkläre, lasst Ihr mich vielleicht als Hexe verbrennen", raunte sie.

Georg packte sie fest am Oberarm. „Kein Wort weiter, solange wir in der Stadt sind!", wisperte er zurück. „Sonst versohle ich Euch die Kehrseite, mein Herr Knappe!"

Wenig später war er froh, dass sie sich wortgewandt aus jeder Affäre ziehen konnte. Der Richter der Stadt hatte es nämlich für merkwürdig befunden, dass ein Knappe, der nicht mehr ganz so jung zu sein schien, mit erstaunlich heller Stimme sprach.

„Wisst Ihr, hoher Herr, ich hatte als Knabe einen sehr bedauerlichen Unfall ... na ja ... der Sprung von einem Baum endete rittlings auf einer Mauer ... muss ich Euch ganz genau erzählen, was der Doktor gesagt hat?" Dabei knetete Maximilian die Hände, als sei es ihm furchtbar peinlich, Details preiszugeben.

„Nein, das müsst Ihr nicht. Ich bin auch so im Bilde", bekam er zur Antwort und atmete erleichtert auf.

Georg musste sich mühsam das Lachen verbeißen. Maja hatte es wirklich faustdick hinter den Ohren. Für den Hergang ihrer offensichtlichen Heldentaten wählte sie dann kurze, schlichte Sätze, als sei es für jeden Knappen völlig normal, seinem Ritter so bedingungslos beizustehen.

„Warum tragt Ihr nicht das Wappen Eures Herrn?", fragte der Richter noch.

Auch darauf blieb Maximilian keine Antwort schuldig: „Ich wollte mir durch große Taten verdienen, es tragen zu dürfen."

„Das dürfte Euch gelungen sein, Knappe Maximilian!"

Der Wegelagerer wurde schließlich für lange Zeit bei Wasser und Brot weggesperrt und Ritter Georg von Freyberg-Eisenberg erhielt, mit der Ermahnung, seinem Knappen einen gebührenden Anteil zu übergeben, einen wohlgefüllten Geldbeutel.

„Einkaufen und nichts wie weg!", forderte Maximilian. „Ehe noch jemand hinter das wahre Geheimnis meiner hohen Stimme kommt."

Georg lachte herzlich. Er begleitete seinen ungewöhnlichen Knappen zu den Krämern und wunderte sich, dass dieser Nähnadeln, bunte Garne und kleine Stoffreste für teuer Geld kaufte.

„Keine Sorge, in ein paar Stunden werdet Ihr verstehen, wozu ich das alles brauche", erklärte Maja, das Päckchen sicher in einem Beutel verstauend.

Am Abend machte sie sich in der Herberge beim Schein einer blakenden Öllampe an die Arbeit. Georgs Augen wurden immer größer! Schon bald zierte das Wappen derer von Freyberg-Eisenberg den Umhang des Knappen, der sich nun das Cape seines Ritters griff und mit kundiger Hand die vielen Risse stopfte, die der Angriff der Räuber hinterlassen hatte.

„Unglaublich!", war alles, was der erstaunte Georg hervorbrachte.

„Oder wolltet Ihr etwa zehnmal so viel Geld bei einer der hiesigen Stickerinnen bezahlen?“ Maja packte die Reste sorgfältig ein.

„Was fordert Ihr?“

„Eine heiße Nacht.“

Georg schaute sich fast hilflos um. Hier hatten die Wände Ohren.

Maja winkte ab. „Nicht heute und nicht hier. Wir sind doch beide nicht lebensmüde.“

Aus genau dem gleichen Grund ritten sie bereits am frühen Morgen weiter. Erst außerhalb der Stadtmauer brachte Ritter Georg die Sprache auf Majas Worte vom Vortag. „Ich möchte endlich verstehen, wer Ihr seid“, bat er.

Maja seufzte. „Auch wenn ich es Euch ganz genau erkläre, befürchte ich, dass Ihr es nicht verstehen werdet.“

„Versucht es einfach!“, rief Georg, sein Pferd genau neben ihres dirigierend.

„Ihr habt es so gewollt!“ Maja begann zu erzählen, aus welcher Zeit und woher sie stammte, und wie es dazu gekommen war, dass sie auf Burg Fragenstein gelebt hatte. „Na ja, den Rest kennt Ihr“, beendete sie ihren Bericht an jenem Punkt, wo sie das Tor der Burg verlassen hatte, um möglichst weit weg zu fliehen.

Georg hatte sie nicht ein einziges Mal unterbrochen. Nun räusperte er sich. „Ich werde also nie wissen, wenn Ihr irgendwann einmal plötzlich verschwunden seid, ob Ihr in Eure Zeit zurückgekehrt seid, oder ob Euch etwas zugestoßen ist und Ihr Hilfe braucht?"

Maja nickte nur. Sie hatte alles Mögliche erwartet, aber nicht diese Reaktion. Georg schien den Schock besser zu verkraften, als sie befürchtet hatte.

„Wir müssen über den Fluss." Georg schaute sich suchend um, als sie Klausen erreichten. „Dann ziehen wir rasch weiter", erklärte er. „Hier sind zu viele Männer auf zu kleinem Raum konzentriert. Das könnte Euch gefährlich werden, wenn man Euch als Frau enttarnt."

Maja war klar, dass er die Burg Branzoll meinte, den Sitz der Hauptleute und Unterhauptleute von Säben. Sie schaute den Hang hinauf, wo die Burg Säben, zur Zeit Sitz des Richters von Klausen und Verwaltungsmittelpunkt der südlichsten Gebiete des Bistums Brixen, thronte.

„Da oben seid Ihr gewesen?" Georg deutete links daran vorbei, nach Villandro.

„Ja, in meiner Zeit führt eine breite Straße da hin, sogar bis zur Alm auf dem Berggipfel. Die wundervolle Kirche und die meisten Burgen hier stehen dann immer noch, auch wenn sie in den nächsten Jahrhunderten oft umgebaut werden. Ich habe einige Tage genau neben der Kirche gewohnt und den unglaublichen Blick über das Eisacktal genossen."

Auf, nach Süden

„Versuchen wir, nach Bozen zu kommen?",
fragte sie nach ein paar Meilen. Auf Georgs neugierigen Blick: „Ihr kennt es vielleicht als Bolzano
oder Balsan."

„Ja, Balsan ist mir geläufig", gab Georg zurück.
„Ihr wisst doch, dass ich Euch überallhin folgen
werde. Für heute habe ich genug vom Reiten. Ich
werde nach einer Unterkunft für die Nacht fragen." Er wandte sich kurzerhand an den Erstbes-
ten, der ihren Weg kreuzte.

Die Augen des Mannes leuchteten auf, als der
Sommerwind den Umhang des Ritters flattern ließ
und das Wappen entblößte. „Folgt mir, meine
Herren. Mein Haus soll für heute das Eure sein!"
Dann erklärte er, sein Vater sei ein Untertan der
Herren von Freyberg-Eisenberg gewesen, der sich
irgendwann hier niedergelassen habe. „Er sprach
stets mit Wärme von seiner alten Heimat", fügte er
noch hinzu, sie zu seinem Haus geleitend.

Die Größe des Anwesens zeugte davon, eine gut
betuchte Familie zu beherbergen. Und die Kammer für Herrn und Knappen hielt sogar zwei Betten bereit.

Mit den Worten: „Bis zum Abend bin ich
zurück", ließ sie der Hausherr allein.

Maja streifte den schweren Kettenpanzer ab, um Stück für Stück fortzufahren. „Denkt Ihr, was ich denke?"

„Ich hoffe es!" Georg beeilte sich, seine Kleider ebenfalls abzulegen, um endlich das tun zu können, worauf er sich seit Tagen freute und wozu nie wirklich eine Gelegenheit gewesen war. Nur ihre langen Unterhemden ließen sie an, um widrigenfalls wie der Blitz in verschiedenen Betten zu verschwinden.

Nach einem äußerst heftigen, schnellen Akt, wie ausgehungerte Raubtiere übereinander herfallend, widmeten sie sich den Feinheiten des Liebesspiels. Maja saß rittlings auf Georgs Oberschenkeln, den es nun doch sehr gelüstete, nachzuschauen, was der Stoff verbarg. So entdeckte er auch Majas Nabelpiercing, mit dem er nichts anfangen konnte und das ihm reichlich Stoff zum Grübeln gab. Was mochte es nur mit dem Stück Metall in ihrer Haut auf sich haben? Die geschliffenen Steine in beiden Kugeln deuteten auf Schmuck hin ... *aber am Bauch ... da sieht ihn doch keiner ...*

Dann stieg aus den Tiefen seines Gedächtnisses ans Licht, was er von Fabian gehört hatte, und überschwemmte ihn mit Lustgedanken. Noch bevor der Hausherr zurückkam, hatte er Maja überzeugt, im Bett locker mit dem Erzherzog mithalten zu können.

Als sie sich viel später zur Nachtruhe einrichteten, wagte er, zu fragen: „War eigentlich Sigmund das Objekt Eurer Begierde, oder die Tatsache, dass er jemandem aus Eurem alten Leben gleicht, der Euch gefehlt hat?"

„Darüber habe ich sehr oft, sehr lange nachge-

dacht. Das Letztere trifft zu." Sie hauchte Georg einen Kuss auf die Wange, ehe sie sich fest anschmiegte und einschlief.

Dann sollte es mir nicht schwerfallen, sie dauerhaft für mich zu begeistern, wenn Minne alles ist, was sie in diese Zeit gelockt hat. Georg streichelte Majas Haar und grübelte vor sich hin, bis er ebenfalls ins Land der Träume glitt.

Und in jenem Land beanspruchte nicht nur der Erzherzog Maja für sich, sondern auch Fabian. Wie der Kampf um die Frau endete, gab der Traum nicht preis. Georg schreckte zusammen, weil er das Gefühl hatte, in einen endlos tiefen schwarzen Brunnen zu stürzen.

„Ich gebe sie nicht mehr her", brabbelte er im Halbschlaf, tastete nach Maja und nickte wieder ein.

Maja hingegen hatte von Nico geträumt, der sie im 21. Jahrhundert völlig verzweifelt suchte. Im Unterbewusstsein stellte sie sich die Frage, was wohl die bisherigen Zeitsprünge ausgelöst haben mochte und warum sie seit Jahren plötzlich nicht mehr auftraten.

Der erste Hahnenschrei weckte beide und Georg schaute mit Wehmut zu, wie sich Maja in Maximilian zurückverwandelte. Was hätte er dafür gegeben, sie als Herzensdame offiziell an seiner Seite zu haben! Aber da standen sämtliche Vorzeichen auf Sturm. Eine Ehe wäre unstandesgemäß gewesen, für eine öffentlich bekannte Geliebte waren seine Titel und die gesellschaftliche Stellung nicht ausreichend. Die wiederum hätte er wegen einer Frau auch nicht aufgegeben, um den Rest seines Lebens als ein Niemand zu verbringen.

Vielleicht war ja der Reiz des Verbotenen erst das Salz in der Suppe des Lebens. Er beschloss, den momentanen Zustand mit allen Sinnen zu genießen, solange man ihn ließ.

Ihr Gastgeber überreichte ihnen zum Abschied ein Proviantpaket und bat sie, wieder bei ihm Halt zu machen, wenn es sie das nächste Mal in diese Gegend verschlüge. Zudem beschrieb er ihnen die sicherste Route nach Bozen. Am Fluss entlang waren es etwa 30 Kilometer, konnte sich Maja erinnern. Das waren gerundet 18,5 Meilen.

Im Grunde genommen waren all diese Rechnungen reine Spielerei, weil Wege und Stege völlig anders verliefen, als Jahrhunderte später. Aber für eine grobe Schätzung reichte es und Georg war dankbar für ihre Informationen.

„Wenn mich Sigmund suchen lässt, dann in der Gegenrichtung, irgendwo in deutschen Landen", schmunzelte Maja. „Ihm würde es nicht einmal im Traum einfallen, dass ich nach Süden gehen könnte."

Seite an Seite ritten Herr und Knappe vom Hof. Der Himmel versprach einen schönen Tag, sie hatten keine Eile und Georg schwelgte gleich wieder in den Glücksmomenten des vergangenen Abends. Wenn es nach ihm gegangen wäre, dann hätte er im nächsten dichtbewachsenen Waldstück einen Stopp eingelegt. Und beim Gedanken an ein ganz wildes Schäferstündchen fiel ihm das seltsame Objekt in Majas Bauchhaut wieder ein.

„Was ist das für ein Stäbchen in Eurer Haut?", fragte er, auf die gleiche Stelle bei sich deutend.

„Man nennt es Piercing", erwiderte Maja. „Es ist Körperschmuck, der in meiner Zeit gang und gäbe ist. Den gibt es in allen möglichen Größen, für alle möglichen Körperstellen."

Sie begann über Augenbrauen-, Nasen- und Brustpiercings zu erzählen, über Tunnels, Plugs, Hautanker und was der Markt noch so hergab. Als sie zu den Intimpiercings kam, wurden die Augen des Ritters immer größer. Ihn, den Kampferprobten, überlief ein gelinder Schauer. Dass sich jemand freiwillig an solch einer Stelle Löcher für Schmuck stechen ließ, überstieg sein Vorstellungsvermögen.

Maja amüsierte sich über das Wechselbad der Gefühle, das Georgs Gesicht in Echtzeit widerspiegelte. Sie hatte nicht erwartet, dass ein kleines Schmuckstück aus Titan mit Zirkonia-Steinchen solch eine Wirkung haben konnte.

„Alles in Ordnung?", fragte sie schließlich, weil er, seit sie zu erzählen begonnen hatte, nicht ein Wort sagte. „Oder seid Ihr in Schockstarre?"

„Weiß nicht." Er schaute sie geradezu verunsichert an. „Darf ich es mir heute noch einmal ansehen?"

Maja begann schallend zu lachen. „Morgen erzähle ich Euch etwas über Tattoos und Brandings."

„Worüber?!"

„Über Körperschmuck, der noch ein paar Zacken schärfer ist, und der sich nicht mehr so einfach entfernen lässt."

Georg entgleisten alle Gesichtszüge. „Ich verstehe kein Wort, ahne aber Schlimmes."

Er war heilfroh, dass Bozen in Sicht kam und sich Maja zumindest äußerlich wieder in den gehorsamen Knappen verwandelte. Aber Maja war im Augenblick auch nicht nach Scherzen zumute. Diesmal machte sie große Augen, denn die Handvoll Häuser konnte man mit dem Bozen des 21. Jahrhunderts in keiner Weise vergleichen. Sie wusste nicht einmal, ob der Marktflecken überhaupt schon Stadtrecht erhalten hatte.

„Reiten wir weiter", bat sie. „Ich habe ein komisches Gefühl."

„Wie Ihr befehlt, schöne Frau."

Sie machten sogar einen recht großen Bogen um die Siedlung, um ein paar Meilen weiter erneut bei einem Bauern um Quartier zu bitten, wo ein paar Münzen gleich noch die Speisekammer mit öffneten.

Am Abend saßen sie mit den Bauersleuten, die wundervolle Sagen zu erzählen wussten, bei einem Krug Wein beisammen. Maja hatte zwar einige Mühe, den Dialekt zu verstehen, freute sich aber riesig über diese ungewöhnliche Abwechslung. Schließlich erzählte sie die Harzer Sage von der Rosstrappe.

Als sie an jener Stelle angekommen war, wo sich der Huf des Rosses der Königstochter Brunhilde in den Stein drückte, die auf der Flucht vor dem Riesen Bodo das Bodetal übersprungen hatten, erklang vor dem Haus der Hufschlag mehrerer Pferde.

Der Bauer sprang auf und rannte vor die Tür, die anderen folgten ihm langsamer, wobei Georg und Maja nach ihren Dolchen griffen. Draußen preschten in halsbrecherischem Galopp mehrere Reiter vorüber, die das Wappen des Erzherzogs trugen. Georg schob Maja aus einem Reflex heraus hinter sich.

Der Bauer drehte sich erleichtert zu ihnen um. „Das sind nur die Leute Sigmund, des Münzreichen. Von denen droht uns keine Gefahr."

Euch nicht, dachten Maja und Georg gleichzeitig, froh, dass die Männer weitergezogen waren.

„Die kommen sicher aus Trient zurück", erklärte die Bäuerin und füllte noch einmal die Weinkrüge.

Nur gut, dass sie nicht hier gehalten haben! Georg warf Maja einen zufriedenen Blick zu, den diese auch genau als solchen deutete.

„Da dürften wir ja jetzt freie Bahn haben", flüsterte ihm Maja zu und erntete ein heftiges Nicken.

„Das heißt auch, wir können endlich das Versteckspiel aufgeben", freute sich Georg, als er später zu ihr unter die Bettdecke schlüpfte.

„Meint Ihr nicht, dass es sich einfacher reist, wenn ich Euer Knappe bleibe? Zwei bewaffnete Männer werden seltener überfallen, als eine reisende Dame mit Begleiter, wo man gleich Geld und Schmuck vermutet, die leichter zu erbeuten sind. Was Ihr Euch am meisten wünscht, könnt Ihr in beiden Fällen nur heimlich bekommen und es wäre Unfug, in Herbergen ein zusätzliches Zimmer bezahlen zu müssen."

Georg fasste sich an den Kopf. „Verzeiht, meine Liebe, mein ganzes Denken ist wohl schon wieder nur auf das Eine gerichtet."

Maja ließ ihre Hand über seine Brust langsam nach unten gleiten. „Ihr wisst hoffentlich, dass es Euch den Tod bringen kann, im Liebesrausch falsche Entscheidungen zu treffen. Und mit dieser Lanze könnt Ihr nur Damen tief beeindrucken."

„Das aber recht gut, wenn ich Euch glauben darf." Im Bruchteil eines Wimpernschlags lag Georg zwischen ihren Schenkeln und trat den Beweis für seine Worte an.

Maja drückte ihr Gesicht an seine nackte Brust, um das lustvolle Stöhnen zu unterdrücken, welches beide keinesfalls verraten durfte.

„Ich habe bisher jedes Lanzenstechen mit Bravour gemeistert", nahm Georg später die Unterhaltung wieder auf.

Zumindest versuchte er es, denn Maja erwiderte, mit den Lippen langsam über seinen Hals gleitend: „Ich hätte Lust auf noch einen Ritt."

„Jetzt seid Ihr aber im Liebesrausch, der tödlich enden kann", amüsierte sich Georg, die Offerte ohne Zögern annehmend.

„Erklärt Ihr Euch als besiegt?", flüsterte er Ihr zärtlich ins Ohr, als sie nach einem Megaorgasmus nach Luft rang.

„Ich ergebe mich dem Eroberer."

„Oh! Das ist jetzt aber mehr, als ich erwartet hatte!", staunte er, sie glücklich in die Arme schließend.

Mit dem ersten Hahnenschrei ritten sie weiter und auch diesmal bekamen sie Wegzehrung mit. Maja war ziemlich schweigsam, als sie durch das Halbdunkel eines dichten Waldes ritten, was Georg nach ein paar Meilen beunruhigte.

„Fühlt Ihr Unheil?", flüsterte er fragend.

„Zumindest fühle ich mich beobachtet, als ritte jemand hinter uns her", gab sie genau so leise zurück. „Ich will mich aber auch nicht umdrehen, um nicht erst recht Aufmerksamkeit zu erregen."

„Verstehe." Georg hielt es genau so. „Es ist ja auch besser, Stärke zu demonstrieren, als auch nur den Anschein von Furcht zu erwecken."

„Eben." Maja verließ sich auf ihren Braunen, der mit Sicherheit rechtzeitig Gefahr signalisieren werde, wie er es bisher stets getan hatte.

Ritter Georg schaute verblüfft zu, wie Maja die Griffe ihrer beiden Dolche aufdeckte, um sie sofort ziehen zu können. Dann machte er es ebenso. Die übersensible Frau aus der Zukunft hatte schon mehrmals Unannehmlichkeiten im Vorfeld gespürt und ihn vor Schlimmerem bewahrt.

Eine halbe Stunde später war es Gewissheit, dass sie nicht allein ritten, denn es erklang von hinten deutlicher Hufschlag, etwas schneller, als ihre Pferde liefen.

„Es ist nur einer", erklärte Georg, der die Ohren spitzte.

„Hoffen wir, dass er entweder keine Feuerwaffe, oder es nicht auf uns abgesehen hat", murmelte Maja.

Da war der fremde Reiter auch schon genau hinter ihnen und rief: „Meine Herren!"

Die beiden Angesprochenen zügelten ihre Pferde und drehten sich nun doch herum.

„Ihr???", rief Ritter Georg, die Fassung verlierend, während Maja beinahe erstarrte.

Vor ihnen stand Meister Fabian, der Medicus, dessen Reise bis hierher wenig erquicklich gewesen sein musste, wie überdeutlich zu sehen war. Er starrte vor Schmutz und in seinen Augen lag ein fiebriger Glanz.

„Ich bitte Euch inständig, nehmt mich mit!"

Georg blickte Maja an, die zum Zeichen des Einverständnisses kurz die Augen schloss.

„Ihr seht nicht gut aus", stellte Maja mit tiefer Stimme fest.

Der Medicus nickte. „Ich weiß. Darf ich mich Euch trotzdem anschließen? Herr von Freyberg-Eisenberg, Ihr seid der Einzige, der mir helfen kann. Ich bitte Euch sehr!", wandte er sich an den Ritter Georg.

„Kommt schon mit! Sonst habe ich ein schlechtes Gewissen", schmunzelte der, mit der Hand die Richtung andeutend. „Vor allem erzählt, warum Ihr mir nachgeritten seid."

Fabian warf einen fragenden Blick auf den Knappen, denn dass dieser schwer bewaffnete Mann mit dem Wappenumhang Maja sein könnte, wäre ihm im Traum nicht eingefallen.

Georg machte sich den Spaß, Fabian unwissend zu lassen, und meinte: „Maximilian von Sebnitz ist mir treu ergeben, Ihr könnt frei sprechen."

„Ach, mein Herr! Mir ist es wirklich übel ergangen!", begann Fabian seinen Bericht. „Nachdem die Dame Maja, die Ihr hoffentlich wohlbehalten an einen sicheren Ort gebracht habt, die Burg verlassen hatte, begann Katharina von Sachsen, die

Zügel selber in die Hand zu nehmen. Zuerst beschuldigte sie mich, für Maja Gift gemischt zu haben, mit dem diese angeblich unseren Erzherzog hatte ermorden wollen, dann ließ sie Hanna hart befragen.

Mit Sigmund muss irgendwas geschehen sein … er ist apathisch, desinteressiert und scheint in wenigen Tagen regelrecht vergreist zu sein. Ich will ja keine Gerüchte ausstreuen – aber da scheint jemand anderes gemixt zu haben, um ihn und seine Günstlinge aus dem Weg zu räumen. Wenn das mal nicht die sächsische Hexe, dieses junge Ding, selber angezettelt hat!

Wie dem auch sei … ich habe meine Habseligkeiten zusammengerafft und mich bei Nacht und Nebel mit Hanna aus der Burg geschlichen. Sie habe ich in Innsbruck gelassen, wo sie eine neue Anstellung gefunden hat. Dann bin ich beinahe ohne Unterbrechung geritten, weil man mir sagte, man habe Euch und Euern Knappen Richtung Süden galoppieren sehen.

Ich habe kaum geschlafen, nicht gegessen, nur immer frische Pferde bezahlt, um Euch rasch zu finden. Dann kam ich zu einem Bauern, der mir erzählte, Ihr wärt bei einem Überfall verletzt worden, aber Euer prächtiger Knappe habe Euch gerettet und Eure Wunden versorgt. Na ja, und nun bin ich hier." Sein überlaut knurrender Magen verriet, dass die letzte Mahlzeit bei ebenjenem Bauern gewesen sein musste.

„Forellen?", fragte Maximilian seinen Ritter.

„Hervorragende Idee! Hier sieht uns sicher keiner."

Meister Fabian schaute mit großen Augen die beiden Herren an, deren Wortwechsel er nicht begriff. Erst als beide absaßen und der Knappe die Stiefel auszog, kapierte er, was gleich geschehen werde.

Georg suchte inzwischen Reisig für ein Feuer zusammen, als auch schon der erste Fisch geflogen kam.

„Lasst sie nicht entkommen!", rief der Knappe und warf die nächste Forelle aufs Trockene.

Meister Fabian, dem der Magen mindestens schon in den Kniekehlen hing, stürzte sich regelrecht auf die Leckerbissen, nahm sie aus und steckte sie sogleich übers Feuer.

„Mehr sind es leider nicht", erklärte Maximilian, nach dem fünften Wurf an Land kletternd.

„Für ein zeitiges Mittagshäppchen reicht es", gab Georg zurück.

Als sich der Knappe am Feuer niederließ, und Meister Fabian das erste Mal sein Gesicht sehen konnte, schien ihn der Blitz zu treffen: „Maja?!"

„Jawohl. In voller Aktion und überaus dankbar, dass Ihr mir das Leben gerettet habt. Es wäre wohl ziemlich unehrenhaft gewesen, hätten wir Euch abgewiesen, als Ihr uns um Hilfe batet." Sie reichte ihm ein Stück Brot zum Fisch. „Genauso dankbar bin ich, dass Ihr Hanna geholfen habt. Sie hat doch hoffentlich keine bleibenden Schäden von der Tortur zurückbehalten?"

„Man hat sie nicht gefoltert, nur mehrmals geschlagen", berichtete Fabian. „Aber sie wusste ja wirklich nichts. Jeder hat ihr beigestanden und bezeugt, dass sie sofort um Hilfe gerufen hat, als Ihr verschwunden wart. Die blauen Flecke werden sicher schnell verschwinden."

Er schaute Maja und Georg von oben bis unten an. „Euch scheint es aber gut ergangen zu sein, bis auf den Überfall."

Georg zeigte auf die Reste der Fische. „Ich habe den findigsten, mutigsten und klügsten Knappen. Ich muss nur auf seinen Rat hören, um mit allem bestens versorgt zu sein. Der Erzherzog doch sicher nach ihr suchen lassen?", wollte er dann wissen.

„Er hat zwei Reiter ins Fränkische geschickt. Die Besatzung von Fragenstein hat notdürftig die nähere Umgebung durchstreift. Alles andere hat Katharina vereitelt.", antwortete Fabian.

Maja lachte. „Und wir halten uns fernab der Burgen und Städte."

Georg blinzelte ihr zu: „Das lässt sich ändern. Mit drei bewaffneten Männern wird sich keiner so schnell anlegen."

Fabian grinste verlegen. „Ich glaube nicht, dass ich Euch mit Dolch oder Schwert zur Ehre gereiche."

„Ist doch egal", schmunzelte Maja, „Hauptsache, es sieht gefährlich aus." Sie warf die Fischreste in eine Grube und scharrte die kalte Asche darüber. Ein paar Handgriffe später sah die Stelle beinahe unberührt aus.

Fabian wusch sich am Bach, wobei er gleich noch einige Flecke aus seiner Kleidung rubbelte, um vor Maja nicht wie der letzte Bettler zu erscheinen.

Dann ritten sie gemächlich weiter, denn es genügte, am Abend nach Bozen zu kommen. Fabian gewöhnte sich schnell daran, die Dame Maja als Knappe Maximilian anzusprechen, zumal sie ja meist ihren Helm trug, der einen Großteil des Gesichtes verdeckte.

Eine Stunde bevor die Tore geschlossen wurden, zogen sie in die Stadt und suchten nach einem Quartier. Die Wappenmäntel halfen ihnen, rasch ein Schankhaus zu finden, in welchem ihnen sogar zwei kleine Schlafkammern angeboten wurden, die sehr sauber waren.

Meister Fabian hatte erwartet, dass eine der Kammern für die Dame bestimmt war. Nun bekam er riesengroße Augen, weil Ritter Georg mit ihr gemeinsam ein Zimmer bezog.

„Ihr spielt auch nachts den Knappen?", fragte er Maja völlig verdattert.

Worauf Ritter Georg antwortete: „Mit meinem Knappen teil ich nicht nur mein Essen bei Tag, sondern auch meine Decke bei Nacht."

Fabian schluckte. Es war ziemlich sicher, dass unter der geteilten Decke nicht nur geschlafen wurde. Er brauchte sich also gar keine Chancen ausrechnen. Ritter Georg hatte die Gelegenheit genutzt und würde mit allen Mitteln Nebenbuhler von seiner Geliebten fernhalten.

Zickenkrieg auf Runkelstein

In der Nacht spitzte Fabian mehrmals die Ohren, ob aus der Kammer der beiden verräterische Geräusche zu hören seien, und wurde natürlich enttäuscht. Er konnte ja nicht ahnen, dass sie besonders heute sehr züchtig unter ihrer Decke lagen, eben weil sie ahnten, dass er lauschen werde.

„Habt Ihr es sehr eilig, nach Sirmione zu kommen?", fragte Georg auf dem Weiteritt und Maja verneinte.

„Dann schlage ich vor, wir reiten zur Burg Runkelstein. Dort soll ein Fest stattfinden."

„Woher wisst Ihr das?"

„Könnt Ihr Euch an den Adligen vom Nebentisch erinnern? Das war Georg Metzner, der Vetter von Hans Vintler, einer der Burgherren des Castel Roncolo. Ich hatte mit beiden schon die Ehre. Sie sprechen recht gut meinen Dialekt und so haben sie uns gestern eingeladen. Zudem werden Euch die grandiosen Malereien in den Räumen der Burg sicher sehr gefallen."

„Oh, ein Fest!", freute sich Maja, um gleich darauf tief traurig dreinzuschauen.

Georg lächelte. „Es geht über mehrere Tage. Da wird sich doch wohl eine Gelegenheit ergeben, Euch als Dame erscheinen zu lassen."

„Helft mir lieber erst einmal, als Mann zu erscheinen. Ich kann ja nicht die ganze Zeit mit Helm und Kettenhemd herumlaufen."

„Stimmt." Ritter Georg kratzte sich am Kinn. „Wir sollten zurückreiten und in Balsan schauen, was wir bekommen können."

So wendeten sie die Pferde und waren zwei Stunden nach ihrer Abreise wieder zurück im Gasthaus, wo sich der Wirt die Hände rieb, noch einmal gut zu verdienen. Meister Fabian ging mit auf den Markt. Hatte er doch neue Kleidung genau so nötig wie Maja.

Es gab nur zwei Schneider, wobei einer für den Adel und die reichen Bürger arbeitete, der andere hingegen fürs Volk. Da kleidete sich der Medicus neu ein und begleitete die beiden schließlich zum zweiten Meister der Nähkunst.

Maja suchte sich zimtfarbene Beinkleider heraus, ein olivgrünes Wams zum weißen Hemd und schließlich noch einen dunkelblauen Samtmantel mit orangeroten Bordüren, zu dem die passende zweifarbige Kopfbedeckung erst noch fertig genäht werden musste.

„Wie lange braucht Ihr?", fragte Ritter Georg, den Stoff befühlend.

„Zwei Stunden, mein Herr", gab der Schneider Auskunft, seinen Lehrburschen antreibend.

Georg warf ihm einen Beutel Geld zu. „Ihr müsst in einer Stunde fertig sein."

Ohne weitere Erklärung verließ er mit seinen Begleitern die Werkstatt. Maja schaute ihn fragend an und auch Fabian grübelte.

Georg begann zu lachen. „Meine Teuerste, ich habe gesehen, wie schnell Ihr mit Nadel und Faden seid. Da sollte doch einer, der das den ganzen Tag tut, auch schaffen." Und für den immer erstaunter schauenden Fabian fügte er hinzu: „Sie hat ganz allein in einer halben Nacht das Wappen aus ein paar Stücken Stoff und bunten Fäden auf ihrem Umhang angebracht und sogar noch meine Kleidung ausgebessert. Da muss der Meister eben selber Hand mit anlegen, wenn der Lehrbursche zu langsam ist. Sie wollte doch schon fast sagen: Wir nehmen es so mit. Nichts da! Wir nehmen es komplett mit!"

„Oh, mein Gott!", rief Maja erschreckt. „Mir lagen in der Tat genau jene Worte auf der Zunge!"

„Es wird spaßig werden", rieb sich Georg die Hände, als Maja kurz abwesend war.

Fabian riss die Augen auf. „So kenne ich Euch gar nicht, Ritter Georg!"

„Mein Leben war nie aufregender", lachte der Ritter. „Und das habe ich Euch zu verdanken, Meister Fabian."

Der Medicus zog ein leidendes Gesicht, worüber Georg noch mehr lachte. Er ahnte zwar, wie sich der Heilkundige fühlen musste, nur galt das herzlich wenig. Er hatte für dessen Wunsch Kopf und

Kragen riskiert und die Dame hatte selber gewählt. Sie hätte seinem Wunsch nach ein paar Zärtlichkeiten, die schnell einen Brand in seinem Herzen entfacht hatten, ja nicht nachgeben müssen.

„Schon klar, ich habe zu viel gewollt und alles verloren."

„Nicht alles, Meister Fabian. Ihr tragt immerhin Euern Kopf noch auf den Schultern. Auch wenn Euch das jetzt ein schwacher Trost sein mag."

„Und den möchte ich auch noch lange behalten", erklärte Fabian, endlich wieder etwas heiterer blickend.

Pünktlich ließ der Schneidermeister seinem solventen Kunden das Kleiderpaket bringen und die drei ritten aus der Stadt.

„Das heißt dann wohl, dass wir diesmal im Wald übernachten müssen", seufzte Maja.

Georg nickte. „Das Wetter ist gut, wir halten uns vom Wasser fern und dann lassen uns auch die Mücken in Ruhe. Dafür werden wir aber schon morgen auf der Burg sein und wahrhaft himmlisch schlafen."

„Ich sehne mich nach einem heißen Bad", seufzte Maja. „Aber das dürfte problematisch werden."

Georg grinste verschmitzt. „Man lässt Gäste im Allgemeinen unter sich. Notfalls verbinden wir Meister Fabian die Augen. Aber ich denke, der hat schon genug Frauen ohne Gewand gesehen, um bei Eurem Anblick nicht gleich in Ohnmacht zu fallen."

„Ach! Und wer fragt mich?" Maja zog einen theatralischen Schmollmund.

Georg kicherte. „Ihr, mein lieber Knappe, werdet ins Bad befohlen."

Worauf Meister Fabian in schallendes Lachen ausbrach, in das auch die beiden anderen einstimmten. Bester Laune ritten sie, bis die Nacht hereinbrach, um sich dann unter hohen Bäumen ein einfaches Nachtlager zu bereiten. Majas Brauner übernahm praktisch die Nachtwache, da er stets schnaubte, wenn ihm etwas nicht geheuer vorkam, und sie bei Gefahr rechtzeitig wecken werde.

Ritter und Knappe hatten ihre Waffen griffbereit neben sich liegen, was in Meister Fabian ein Gefühl von Sicherheit aufkeimen ließ. Ein kleines Feuerchen in einem Steinkreis sollte Wildschweine und andere Störenfriede auf Abstand halten. Hin und wieder schreckte einer der drei aus dem Schlaf und schob einen neuen Ast ins Feuer, das erst gegen Morgen endgültig erlosch.

In der modernen Zeit, so wusste Maja, waren es von Bozen nur viereinhalb Kilometer bis Runkelstein und die Burg wäre noch in der Nacht erreichbar gewesen. Jetzt schlängelte sich der steinige Weg am Waldrand entlang und sie ließen die Pferde nur im Schritt gehen.

„Ich weiß, was Euch durch den Kopf geht", sagte Ritter Georg unvermittelt zu Maja. „Mir ist es lieber, im Hellen anzukommen und selber auch sehen zu können, wer sich dort bereits versammelt hat."

Sie atmete tief durch. „Mir fällt es noch immer schwer, mich an diese Zeit zu gewöhnen."

„Das weiß ich doch und bin Euch deshalb ja auch nicht gram."

Fabian sperrte die Ohren auf, ohne wirklich zu begreifen. Er ahnte noch immer nicht, dass Maja aus einer völlig anderen Epoche stammte. Nur, dass Georg sein Leben für sie opfern würde, hatte sich inzwischen fest in sein Hirn gebrannt.

„Ahhhhh!" Maja zügelte ihr Pferd. „Diese Burg ist unglaublich!"

Die Mauern erhoben sich aus dem gewachsenen Stein genau vor ihnen in die Höhe. Am Tor der weitläufigen Vorburg wehten Fahnen und man ließ sie nach wenigen Augenblicken passieren. Mehrere Pferde standen im Hof, ein paar Damen äugten von den oberen Stockwerken herab und Maja fühlte sich wie im Feldlager.

Ritter Georg raunte Fabian ein paar Worte ins Ohr, worauf der Maja rasch zur Hand ging, die Pferde trockenzureiben und zu tränken. Dann gingen sie gemeinsam zur Hauptburg, wo Georg Metzner die drei schon erwartete, um sie den Damen vorzustellen.

Knappe Maximilian versuchte, sich im Hintergrund zu halten, so gut es ging. Nur hatten es vier der adeligen Töchterchen ausgerechnet auf ihn abgesehen und fragten seinem Ritter Löcher in den Bauch.

Der musste wohl den Braten schon im voraus gerochen haben, denn er gab freimütig und ohne mit der Wimper zu zucken Auskunft: „Meine Damen, Maximilian von Sebnitz, ist ein geschätzter Freund aus gutem Hause. Um ihm die Mittellosigkeit zu ersparen, weil er hier nirgends auf Leihgelder zugreifen kann, habe ich ihn in meine Dienste genommen. Zudem stehe ich auf andere Art tief in seiner Schuld, denn ich verdanke ihm, dass ich noch lebe. Durch ähnliche Dankbarkeit bin ich auch mit Meister Fabian, Medicus seines Zeichens, verbunden.“

„Ihr werdet doch heute mit uns tanzen, Herr Maximilian?“, fragte die Jüngste.

Der Angesprochene lächelte. „Aber natürlich, ich stehe den Damen ganz zur Verfügung.“

„Na das kann ja was werden!“, stöhnte Fabian, als sie in ihrem Schlafgemach angekommen waren.

Ritter Georg winkte ab und wies ihm ein Bett zu. „Ich lache jetzt schon über die sinnlosen Anstrengungen, die sie unternehmen werden, um Maximilian für ein Schäferstündchen zu gewinnen. Wenn die wüssten!“

„Dann werden sie sich an Euch halten, Herr Ritter", warf Maja ein.

Der machte eine wegwerfende Handbewegung. „Ich glaube nicht, dass mir auch nur eine von ihnen das geben würde, was ich von Euch bekomme."

Fabian konnte nicht verhindern, einen deutlichen Anflug von Farbe im Gesicht zu zeigen. Auf die Richtigkeit dieser Aussage hätte er mit ruhigem Gewissen seinen Hintern verwetten können.

Da klopfte es auch schon und ein Knecht lud sie zum Bad ein. Die drei folgten ihm sofort und waren tatsächlich allein im großen Badebottich. Logisch, dass Fabian mehrere Augen auf Maja warf, was ihm Georg nicht übel nahm, aber mit dem überlegenen Grinsen eines Siegers quittierte.

Maja schloss die Augen und genoss das heiße Bad mit allen Sinnen. Es stand in den Sternen, wann sie das nächste Mal in den Genuss warmen Wassers kommen werde. Nach einer Viertelstunde beeilte sie sich allerdings sehr, aus dem Zuber zu kommen, um nicht doch noch durch einen dummen Zufall vorzeitig als Frau enttarnt zu werden.

Die beiden Männer staunten, wie gediegen die ausgesuchte Kleidung an ihr wirkte. Und das wiederum hatte zur Folge, dass sie beim Festschmaus zwischen der Gattin und dem neugierigen Töchterchen eines der Burgherren platziert wurde, was für Missmut, der leer ausgegangen jungen Damen, sorgte. Die versuchten nun wirklich ihr Glück bei Ritter Georg, der freundlich aber distanziert reagierte.

Knappe Maximilian flogen anschließend die Tanzpartnerinnen nur so zu und er flirtete mit Lächeln und netten Worten mit jeder von ihnen, was den Konkurrenzkampf der Damen weiter anheizte. Ritter Georg musste es sich verkneifen, lauthals zu lachen, was zur Folge hatte, dass er ohne Unterlass ein vergnügtes Lächeln um die Mundwinkel trug.

Infolgedessen sahen ihn die holden Weiblichkeiten als die Krone der Schöpfung an und mit fortschreitender Zeit wurden die Anträge der jungen Mädchen immer direkter.

Fabian, nicht adelig, aber gut gebaut und ansehnlich, ging nicht leer aus. Er brachte sein Schäflein unbemerkt ins Trockene, indem er die Offerten nur zu gern annahm. Ihm war es egal, dass der Wein recht oft nachgeholfen hatte. Er hatte seinen Spaß und hoffte, dass man ihn nicht neun Monate später wegen ungewollter Folgen zur Verantwortung ziehen werde.

Tief in der Nacht endete der erste Festtag, bald zog Ruhe in Runkelstein ein, um am Morgen wieder durch Frohsinn und Trubel vertrieben zu werden. Erstaunt registrierten Maja und Georg, dass es ausgerechnet die Gattinnen zweier der Burgherren auf Maximilian abgesehen hatten. Die betagten

Ehemänner schienen im Bett wohl weniger amüsant zu sein, als der Knappe eines Ritters in bestem Alter.

Ein Becher Wein, den die Gattin Georg Metzners ihrer Widersacherin übers Kleid goss, gab ihr den Vorsprung, Maximilian zu bitten, sie auf einen Spaziergang über die Wälle zu begleiten. Der Knappe hätte nicht ablehnen dürfen, und so reichte Maximilian der leicht angesäuselten Dame seinen Arm.

Kaum vor der Tür ging der Ärger los, weil Maximilian keine Anstalten machte, der Dame ins Dekolleté oder gar unter die Röcke zu fassen.

„Ihr habt wohl diesen Abend meiner Schwägerin versprochen?", ätzte sie schließlich.

„Ich habe diesen Abend niemandem versprochen", erwiderte Maximilian ganz ruhig. „Ich habe nur meinem Ritter geschworen, die Finger von Adelsdamen zu lassen, die eher ihm und Ebenbürtigen zuständen."

„Feige seid Ihr also!", gluckste sie weinselig.

„Wenn Ihr meint, dann nennt mich feige." Maximilian deutete eine Verbeugung an.

Die Ruhe des Knappen brachte Amalia zur Weißglut. Sie knirschte mit den Zähnen. Allerdings wollte sie etwas. Zu dumm, dass sie mit den anderen gewettet hatte, den Knappen ins Bett zu locken. Die, der das als Erste gelingen werde, sollte ein goldenes Geschmeide bekommen und das wollte sie um jeden Preis behalten.

Als alles Schöntun und Betteln nicht half, verzerrten sich ihre Gesichtszüge vor Wut. „Ihr werdet schon sehen, was Ihr davon habt, mich zurückzuweisen!"

Ehe Maximilian etwas unternehmen konnte, hatte sie sich in den Schmutz geworfen, wälzte sich darin herum, zerriss ihr Kleid und schrie zeter und mordio. Mehrere Wachen eilten herbei und schleppten Maximilian, der offenbar ihrer Herrin Gewalt angetan hatte, direkt zu Georg Metzner. An einen Stuhl gefesselt harrte Maximilian der Dinge, die da kommen sollten.

Metzner ging, außer sich vor Zorn, mehrmals um den Gefesselten herum, um sich halbwegs zu beruhigen. Dann baute er sich vor ihm auf. „Ist das die Dankbarkeit für die Einladung? Gibt es nicht genug ledige Frauen, an denen Ihr Euer Bubenstück verüben könnt? Es ziemt sich nicht für einen Knappen, Frauen Gewalt anzutun!"

„Womit sollte ich ihr Gewalt angetan haben?", fiel ihm Maximilian leise ins Wort.

„Mit Eurer Männlichkeit, verdammter Schänder!" Metzners Augen funkelten wütend.

Das sanfte, lächelnde Kopfschütteln seines Gegenübers ließ ihn innehalten.

Das sagte Maximilian auch schon: „Worte der Rechtfertigung würdet Ihr nicht hören wollen und sie auch nicht glauben, egal, wie wahr sie wären. Dann lasst mich Euch einen völlig anderen Beweis bringen …"

„Was für einen Beweis?", schnappte Metzner.

„Lange Rede, kurzer Sinn. Ihr solltet ganz einfach ein Auge auf meine *Männlichkeit* werfen, und mir erklären, wie ich damit Eurer Frau Böses getan haben könnte. Denn es ist schlicht unmöglich. Wenn Ihr mögt, lasst meinen Ritter kommen, damit er mit über mich richten kann."

In der Burg hatte sich die vermeintliche Missetat bereits herumgesprochen und Ritter Georg hatte sich mit bangem Herzen zu Georg Metzner aufgemacht, sodass der nicht rufen lassen musste, weil der Gesuchte mit raumgreifenden Schritten den Gang entlang kam.

Ritter Georg hörte beide Seiten an und meinte dann, ebenfalls völlig gelassen: „Ihr solltet dem Rat Maximilians folgen, wenn es der Wahrheitsfindung dient."

Mit wenigen Handgriffen wurde der Delinquent unterhalb des Gürtels entblößt und Metzner schlug erschrocken die Hände vors Gesicht. „Was ist das???"

Ritter Georg lachte. „Ich denke, so etwas solltet Ihr schon einmal irgendwo gesehen haben. Man nennt es landläufig Venushügel."

„Ich verstehe nicht …", stöhnte der gehörnte Ehemann, der sich nun gar nicht mehr so sicher war, durch den Gefangenen, der irgendwie kein Mann sein konnte, gehört worden zu sein. Er deckte auch lieber schnell wieder zu, was er gerade noch voller Entsetzen angestarrt hatte, und löste die Stricke, welche den eindeutig weiblichen Knappen hielten.

Dann setzte er sich in seinen Sessel, schaute die beiden verunsichert an und wartete darauf, eine Erklärung zu bekommen.

Ritter Georg tat ihm den Gefallen: „Die einzige Unwahrheit an allem, was Ihr über meinen Knappen gehört habt, sind der Vorname und das Geschlecht. Sie ist Maja von Sebnitz, meine Geliebte und mein Knappe zugleich. Es entspricht auch der Wahrheit, dass sie mir bei einem Überfall das Leben gerettet und einen Mordbuben getötet hat. Den anderen haben wir dem Gericht in Brixen übergeben. Ich glaube auch keinesfalls, dass sie Eure Frau wirklich angegriffen hat. Da muss etwas völlig anderes vorgefallen sein."

Metzner nickte und wandte sich an den enttarnten Knappen: „Bitte erzählt mir, was Ihr wisst."

Maja berichtete mit wenigen Worten, was sich zugetragen hatte, und fügte hinzu: „Eure Gattin scheint Euch wenig treu zu sein. Ihr solltet sie mit ihren eigenen Waffen schlagen. Knappe Maximilian wird heute noch die Burg verlassen und dafür wird morgen die Dame Maja erscheinen, der Ihr heftig den Hof machen solltet."

Ritter Georg schmunzelte: „Gegen eine verfängliche Situation habe ich in diesem Fall nichts. Nur wiederholt es nicht! Und was Ihr heute gesehen habt, ist tabu."

Nun musste auch Metzner lachen. Für die Impertinenz einem Unschuldigen gegenüber, hatte seine Gattin einen besonders herben Dämpfer verdient.

„Diese Amalie ist ein bitterböses Miststück", grollte Maximilian, als er mitten in der Nacht vom Hof ritt. „Passt bitte auf Euch auf, Ritter Georg!"

„Und das sagt sie mir!", staunte er, denn nachts allein im Wald, konnte es noch gefährlicher werden.

Maja blieb aber nicht im Wald. Sie klopfte einfach an das Fenster einer kleinen Kate unterhalb der Burg und erhielt gegen ein paar Münzen einen Schlafplatz und Futter für ihr Pferd. Am nächsten Morgen hielt sie prunkvollen Einzug in Runkelstein und stahl mit den wertvollen Kleidern, die ihr Sigmund geschenkt hatte, allen anderen die Schau. Dass das Pferd schon mal hier gewesen war, fiel niemandem auf.

Metzner musste sich nicht einmal verbiegen, um ihr den Hof zu machen. Es wurde ihm ganz wohlig zumute, als sie ihm so weiblich-edel gegenübertrat. Amalie schäumte innerlich, ahnte sie doch nicht, dass sie soeben das Opfer eines Komplotts wurde. Zudem stichelten die Damen aus der Wett-

runde in einem fort, wie dumm sie sich doch ange-
stellt habe. Nun sei der schmucke Knappe fort
und unliebsame Konkurrenz angekommen, denn
auch die anderen Männer schlichen verdächtig um
die Neue, wie Katzen um den heißen Brei. Sogar
der reserviert freundliche Ritter Georg von Freyberg-Eisenberg taute plötzlich auf.

Den ganzen Tag wurde *die Neue*, wie sie die
Damen nannten, nur um ihren Namen nicht ertragen zu müssen, argwöhnisch, und vor allem neidisch, von ihnen beäugt. Sie schien es nur nicht zu
interessieren, was die Frauen noch mehr wurmte.
Sie aß wie die Ritter, hantierte dabei wie diese mit
ihrem Dolch, dass jeder die Finger beiseitenahm,
um selbige nicht einzubüßen, trank Wein mit den
Herren und schien sich immer unter Kontrolle zu
haben. Von Ritter Georg ließ sie sich sogar hin
und wieder einen Leckerbissen zwischen die Lippen stecken.

Beim Tanz wechselten sich der Ritter und Metzner ständig bei ihr ab, sodass die anderen einfach
nicht zum Zuge kamen. Gerade einmal Meister
Fabian schaffte es, ein Tänzchen mit ihr zu
bekommen. Dann übernahm wieder Metzner, der,
so dass es alle sehen konnten, mit ihr aus dem Saal
verschwand.

Amalie sah rot und folgte ihnen. Ha! Hatte sie
doch richtig vermutet! Das Ziel war geradenwegs

das Schlafgemach ihres Gatten. Auf Zehenspitzen schlich sie hinterher und lauschte an der Tür.

Maja und Metzner wussten ganz genau, dass sie das Ohr an die Tür gelegt hatte. Mittels Zeichen-

sprache, und kaum hörbarem Flüstern, stimmten sie sich ab. Keinen Augenblick zu spät, denn da

senkte sich auch schon ganz langsam die Klinke
…

Was Amalie sah, ließ ihr das Blut in den Adern gefrieren! Da lag ihr Gatte zwischen den Schenkeln dieser aufgeputzten Pute und stöhnte, wie er es bei ihr während der ganzen Ehe noch nie getan hatte! Dass zwischen ihm und Maja noch der Stoff des Unterkleides lag, und alles Mögliche lief, nur keine heftige Vereinigung, bekam sie in ihrer Aufregung nicht einmal mit.

Sie zuckte regelrecht zurück, zog die Tür ins Schloss und hetzte den Gang entlang, wo sie Ritter Georg fast noch umrannte.

„Ihr kommt gerade zur rechten Zeit!", rief sie, ihn am Arm packend und mit sich ziehend. „Da könnt Ihr mir gleich einen Ehebruch durch meinen Gatten bezeugen!"

Georg hatte Mühe, nicht in wieherndes Gelächter auszubrechen. Brav folgte er der aufgeregten Amalie, die am Vortag erst selber Dinge getan hatte, die sie jetzt eigentlich hätten verstummen lasse sollen.

Amalie riss die Tür auf – der Raum war leer!

„Versucht Ihr jetzt ähnlichen Frevel, wie gestern mit meinem Knappen?", fragte Georg kurz, worauf Amalie, teils vor Wut, teils aus Scham, dunkelrot anlief. „Ich kann Euch sagen, wo die Dame Maja mit Eurem Gatten ist. In der Bibliothek!"

Amalie riss sich los und rannte hin. Tatsächlich! An zwei Seiten des Tisches saßen sich die Gesuchten gegenüber und fachsimpelten über Bücher. Regelrecht erstaunt hoben sie die Köpfe, als die Tür mit Getöse aufgerissen wurde.

„Ihr müsst meine Gattin entschuldigen, meine Liebe, sie trinkt wohl öfter einen Becher Wein über den Durst", erklärte Metzner für Maja, sich nicht weiter darin stören lassend, ihr wertvolle Pergamente vorzulegen.

Amalie machte auf den Hacken kehrt und ließ sich an diesem Abend nicht mehr blicken.

Metzner kehrte mit Maja und Ritter Georg in den Rittersaal zurück, um den Abend bis zur Tageswende zu genießen.

Erinnerungen

Am nächsten Morgen verabschiedeten sich die drei ungewöhnlichsten Gäste, um ihren Weg über Trient nach Sirmione fortzusetzen. Georg Metzner bat sie, auf jeden Fall hereinzuschauen, sollte es sie wieder einmal in die Gegend von Runkelstein verschlagen. Natürlich ließ er sich nicht lumpen und wies an, ihrem Packpferd ordentlich Proviant aufzuladen. Ein kleines Beutelchen steckte er persönlich in eines der Pakete.

Dann schaute er lange hinterher, wie Maja in Begleitung des Ritters Georg und Fabians davon ritt. Er hätte wetten mögen, und auch glatt gewonnen, dass Maja noch im Wald zurück in ihre Knappentracht schlüpfen werde, um möglichst unbehelligt reisen zu können. *Was für eine Frau,* dachte er wehmütig. Und er beneidete Ritter Georg, der dieses Prachtexemplar errungen hatte.

Na ja, ich bin dann wohl eher der Georg, der den alten Drachen töten muss, schoss es ihm beim Anblick von Amalie durch den Kopf. Was ihm dann wiederum ein fast süffisantes Grinsen entlockte. Und er beschloss, seinen Hausdrachen nun öfter mit dessen eigenen Waffen zu reizen, und schönen Damen, wenn sie es hören konnte, wundervolle Komplimente zu drechseln.

Maja ließ sich vom Pferd heben, als man das dichte Wäldchen unterhalb der Burg zur Hälfte durchquert hatte. „Nichts wie rasch die Knappentracht anlegen!", rief sie und begann sich auszukleiden.

Fabian durfte assistieren, was er natürlich mit voller Hingabe tat, weil Georg in die Runde spähte, um andere Reisende aufzuhalten, sollte Maja noch halb nackt sein. Sie warf ihr wundervolles Kleid über den Sattel des Pferdes und schlüpfte rasch in einen dünnen Gambeson, dann zog sie ihre alten Jeans an und schließlich streifte sie Wams und Barett über.

„Kein Kettenzeug?", fragte Georg mit einem Blinzeln.

„Ich bin doch kein Lastesel! Ihr tragt doch auch keinen Harnisch, wenn Ihr auf Reisen seid", erwiderte sie, ihr Kleid akkurat faltend und dann zusammenrollend, damit es möglichst wenig knitterte. Sie zurrte ihren Waffengürtel fest, bestückte ihn und schwang sich aufs Pferd.

„Habe ich Euch heute schon gesagt, dass ich Euch liebe?", fragte Georg.

Sie lächelte vergnügt. „Das nicht, aber ich kann es spüren."

„Und trotzdem wollt Ihr nach Sirmione?"

Maja hob den Kopf.

„Ich bin mir ziemlich sicher, dass Ihr das geheime Tor suchen wollt, dass Euch hierher gebracht hat", fuhr Georg unbeirrt fort. „Ich hoffe zwar inständig, dass es verborgen bleibt, werde Euch aber helfen."

Fabian schaute zwischen beiden hin und her, ohne einen Funken Ahnung zu haben, wovon Georg sprach.

Maja rieb sich das Gesicht. „Ich weiß doch auch nicht, was richtig oder falsch ist. Sicher ist nur, dass ich nicht hierher gehöre."

„Aber es ist fraglich, ob Euch das Tor wirklich nach Hause bringt", warf Georg ein.

Maja nickte traurig. „Möglich, dass es mich irgendwohin bringt, wo schlimme Dinge auf mich warten." Sie dachte dabei an Gaius Iulius Cäsar und die Löwen in der Arena. Womöglich käme sie zu völliger Unzeit bei ihm an und er machte kurzen Prozess. „Ich habe Angst", gab sie schließlich zu. „Ich fürchte mich, zu bleiben, aber auch, zu gehen."

„Ich kann Euch verstehen, auch wenn Ihr das wahrscheinlich nicht glauben werdet." Georg warf ihr einen melancholischen Blick zu. „Erfüllt Ihr mir eine Bitte?"

Maja bejahte.

„Erzählt mir bitte, wie die Burg Hohenfreyberg zu Eurer Zeit aussieht."

„Sie ist eine Ruine", begann Maja, womit sie beide Männer überraschte. „30 Jahre lang, von 1618 bis 1648, wird ein Krieg in ganz Europa toben. Eure wundervolle Burg wird in jenen wirren Zeiten aufgegeben und in Brand gesteckt werden."

„Oh, mein Gott! 30 Jahre Krieg? Wie furchtbar!", rief Georg erbleichend.

Maja nickte. „Es wird leider nicht der letzte furchtbare Krieg bleiben, in den unzählige Staaten verwickelt werden", erklärte Maja betrübt. „Aber zurück zur Burg: Von 1995 bis 2006 wird man die noch stehenden Außenmauern sichern und für lange, lange Zeit erhalten."

Fabian hatte mit wachsender Verblüffung zugehört und begriff langsam, woher Maja so plötzlich gekommen war. „Habt Ihr diese Zeit erlebt, in der man die Ruine rettete?"

Maja lächelte. „Ja, das habe ich. Mich wird es ab dem Jahr 1962 geben und auch im Jahr 2017 lebe ich, für hoffentlich noch viele, viele Jahre."

„Dann seid Ihr ja über 500 Jahre alt!", rief Fabian.

„Falsch!", lachte Maja. „Ich werde erst in über 500 Jahren geboren werden. Genauso paradox ist, dass ich hier bestimmt 30 Jahre jünger erscheine, als ich in meinem Jahrhundert tatsächlich bin."

„Und in welchem Jahr stürzt der schiefe weiße Marmor-Turm um, den Bonanno in Pisa gebaut hat?", fragte Georg neugierig.

„Keine Ahnung", schmunzelte Maja. „In meiner Zeit steht er noch und ich habe ihn, wenige Tage, bevor ich nach Tirol kam, besucht. Auf dem Rückweg von dieser Reise hat es mich dann in Eure Zeit geworfen. Wobei das nicht ganz exakt ist. Ich habe bewusst in Kauf genommen, dass ich dieses Jahrhundert möglicherweise nie mehr verlassen kann."

„Des Erzherzogs wegen?"

„Ja, Ritter Georg, seinetwegen."

„Erklärt Ihr mir bitte Eure Abneigung gegen Burg Hohenfreyberg."

„Ich bin wegen meiner Liebe zu Sigmund dort gestorben. In einem anderen Leben. Ich wollte nicht zwei Mal dasselbe Schicksal erleiden. Wobei ich ja nicht weiß, was mich in dieser Zeit noch erwartet …"

Georg fasste nach Majas Hand. „Ich werde versuchen, Euch vor allem Übel zu beschützen. Ich hatte schon Sorge, an etwas Schuld gewesen zu sein, das mir nicht bewusst war. Aber da gehörte die Burg ja nicht mehr unserer Familie."

Fabians Gedanken kreisten immer schneller. Von so vielen unglaublichen Informationen konnte einem aber auch glatt schwindelig werden!

„Frau Maja", fragte er schließlich, „ist der Campo di Miracoli wirklich so grandios, wie man sagt?"

„Ja, das ist er. Ich habe völlig ergriffen vor den imposanten Bauwerken gestanden. Der Turm ist schiefer, als Ihr ihn Euch je vorstellen könnt, und trotzdem kann man auf seine Spitze steigen und in die Tiefe schauen. Das Baptisterium glänzt schneeweiß im Sonnenschein, genau wie der Turm …" Maja schaute träumend lächelnd in die Ferne, als könne sie dort das beeindruckende Bauensemble sehen.

„Ihr habt schon sehr viel gesehen", stellte Fabian fest.

Maja nickte. „Aber, auf die ganze Welt betrachtet, ist es nicht mehr, als der Wurmstich in einer Apfelschale." Dann erzählte sie von Singapur, Malaysia, Russland und wo sie noch überall gewesen war. „Vergrabt, was ich Euch sage, tief in Eurem Herzen. Man würde Euch zu Tode foltern, erzählet Ihr jemandem diese Dinge."

„Ich weiß", erwiderten beide Männer völlig synchron.

„Machen wir Mittag, ich habe solch einen Hunger, dass ich glatt ein Pferd aufessen könnte", blinzelte Maja und lenkte ihren Braunen unter die Bäume am Wegesrand, damit er etwas Schutz vor der sengenden Sonne hatte.

Die Männer folgten ihr nur zu gern. Knurrten ihre Mägen doch nicht weniger. Sie versorgten die Pferde, dann knotete Georg eines der Proviantpakete auf. Ihm fiel das kleine Säckchen Metzners ins Auge und so betastete er es.

„Das scheint man nicht, essen zu können", murmelte er, es öffnend und, nachdem er einen kurzen

Blick hinein geworfen hatte, an Maja weiterreichend. „Ich glaube, das ist Euch zugedacht."

„Das ist das wertvolle Geschmeide, um das die Damen gewettet haben!", rief sie überrascht, denn man hatte auch ihr brühwarm erzählt, was am Vorabend ihrer *Ankunft* geschehen war. „Herr Metzner muss diese Gabe wohl von seiner bösartigen Gattin zurückgefordert haben."

„Eine angemessene Wiedergutmachung für den widerwärtigen Ärger, den sie Euch bereitet hat", erklärte Ritter Georg zufrieden.

„Es wird mir deshalb auch besonderen Spaß machen, es zu tragen." Maja verstaute es sicher bei ihren anderen Wertsachen.

Meister Fabian verschwand hinter den Büschen, um dringenden Bedürfnissen nachzugehen. Als er wiederkam, zeigte er über seine Schulter: „Da hinten ist ein flacher Weiher mit kristallklarem Wasser."

„Ein bisschen Abkühlung bei der Hitze wäre nicht übel", überlegte Georg laut und Maja nickte begeistert.

„Es sind auch keine Häuser in der Nähe", verriet Fabian noch, wie die beiden anderen seine Sachen packend und das Pferd am Zügel durch den Wald führend.

„Wirklich idyllisch", bestätigte Maja. Sie band ihr Ross an einem Strauch direkt am Wasser fest, nahm ihm das Gepäck ab, ehe sie flugs aus ihrer

Kleidung schlüpfte, um lachend ins kühle Nass zu rennen.

Georg folgte ihr schmunzelnd, während Fabian wieder tellergroße Augen bekam. Was es bei Maja zu sehen gab, erregte nicht nur seine Fantasie. Als er noch überlegte, ob er es ihnen nachmachen solle, alberten die beiden anderen bereits kichernd wie Kinder im Wasser herum.

Nach fast einer halben Stunde nahm Georg Maja auf die Arme und trug sie ans Ufer, wo sie sich auf der Wiese liegend in der Sonne trocknen ließen. Fabian spähte mit brennendem Blick hinüber, wodurch sich die Sonnenanbeter in keiner Weise stören ließen. Als die Sonne weiterwanderte und erste Schatten über das Ufer huschten, schlug Georg vor, auch weiterzuziehen.

Bis Trient waren es noch einige Meilen, wie Maja es inzwischen zu bezeichnen gewohnt war, um die Männer nicht mit ihren neumodischen Begriffen zu verwirren. Sie stießen nach zwei Stunden auf eine Gruppe älterer Mönche, die ihnen einen Schlafplatz in ihrer Klause anboten. Als Gegenleistung luden sie deren Gepäck mit auf ihre Pferde und schlossen sich ihnen für die letzte halbe Stunde zu Fuß an.

Aus ein paar Gesprächsfetzen glaubte Fabian, zu entnehmen, dass sie erfolglos auf der Suche nach einem Arzt für einen ihrer Brüder gewesen waren. So fasste er sich ein Herz und fragte nach.

„Das ist richtig. Bruder Jeremias leidet unter starken Rückenschmerzen. Wir haben bisher noch kein Kräutlein gefunden, das ihm dauerhaft helfen kann", bekam er zur Antwort.

Maja nickte Fabian aufmunternd zu. „Dann solltet Ihr ihnen gleich heute beweisen, dass Ihr der beste Medicus diesseits und jenseits des Gebirges seid."

Die Mönche schauten Meister Fabian überrascht an. „Ihr seid ein Medicus?!"

„Noch dazu ein besonders guter!", erwiderte Ritter Georg. „Ich schwöre auf seine Kunst."

Fabian seufzte. „Ich will es versuchen. Ob ich Erfolg haben werde, weiß Gott allein."

„Wir wollen für Euch und Bruder Jeremias beten!", versprachen die Mönche.

Als die Sonne ihre letzten Strahlen aus dem Tal zurückzog, machte sich Fabian daran, Bruder Jeremias, der seit Tagen das Bett nicht mehr verlassen konnte, zu untersuchen. Die erste Befragung ergab, dass das leidige Problem irgendwo im Bereich der Halswirbelsäule sitzen musste.

Mit Hilfe von zwei Mitbrüdern des Kranken holte ihn der Medicus aus dem Bett und hieß ihn, sich verkehrt herum rittlings auf einen Stuhl zu setzen, sodass er die Arme auf die Lehne legen konnte. Mit den Worten: „Jetzt wird es äußerst unangenehm werden. Schreit ruhig, wenn Ihr die Schmerzen nicht ertragen könnt. In wenigen

Augenblicken werdet Ihr Euch aber erheblich besser fühlen", fasste er von hinten Jeremias' Kopf und renkte den aus dem Lot geratenen Wirbel mit einem heftigen Ruck ein.

Der markerschütternde Schmerzensschrei des Mönches war bis vor das Haus zu hören und besonders jene Mitbrüder liefen zusammen, die keine Ahnung hatten, was soeben in der Kammer geschah. Einer der Helfer Fabians trat hinaus. „Es ist alles in Ordnung."

Maja atmete ebenfalls auf. „Meine Großmutter pflegte in solchen Fällen zu sagen: Manchmal muss man Böses mit Bösem vertreiben."

„Und das war ziemlich böse", bestätigte der Mönch. „Ich dachte schon, Euer Medicus bricht Bruder Jeremias das Genick! Zudem knackte und knirschte es ganz genau so!"

„Es hat jedenfalls geholfen", erklärte Jeremias, etwas blass, aber sehr zufrieden. „Nochmal möchte ich es trotzdem nicht erleben."

Fabian schmunzelte. „Dann solltet Ihr in nächster Zeit keine schweren Mehlsäcke mehr auf den Schultern und im Genick tragen."

Der Erfolg des Medicus brachte den drei Reisenden ein schmackhaftes Abendbrot ein und einen großen Ziegenbalg Wein, der am Morgen auf das Packpferd verladen wurde.

Auf dem Ritt nach Trient wurden die Straßen und Pfade voller. Händler mit Pferd und Wagen, Fußvolk und Viehtreiber waren unterwegs.

„Es scheinen Markttage zu sein", stellte Ritter Georg fest. „Nicht gerade förderlich, ein gutes und sicheres Quartier zu finden."

„Stimmt. Solche Ereignisse ziehen auch immer Diebesgesindel an", überlegte Maja laut. „Ziehen wir mitten hindurch, aber weiter!"

Sie war sehr neugierig gerade auf diese Stadt, die einst von Kelten gegründet, später von den Römern erobert worden war und eine ziemlich wechselvolle Geschichte hinter sich hatte. Heinrich II. hatte vor rund 500 Jahren die weltliche Gewalt den Bischöfen übertragen, wodurch der größte Teil Tirols zum Herzogtum Bayern gehörte. Die Bischöfe von Brixen und Trient hatten die Region christianisiert. 1407 hatte es dann ausgedehnte Bauernaufstände und eine Revolution gegeben, bei der der Bischof aus Trient vertrieben wurde.

Maja erinnerte sich, dass Friedrich IV. *mit der leeren Tasche,* der Mann jener Stunden gewesen war. Noch dazu Titularherzog von Österreich und ab 1406 auch Graf von Tirol und damit Regent in Oberösterreich. Siedendheiß fiel ihr ein, dass er ja auch der Vater Sigmunds des Münzreichen war.

Kurz vor den Toren der Stadt bat Maja schließlich, lieber doch an Trient vorbeizuziehen, um nicht vielleicht noch schlafende Hunde zu wecken, wie sie es scherzhaft nannte.

Georg lächelte, nickte und änderte geringfügig die Richtung. Was Maja plötzlich bewogen hatte, ihre Neugier zu zügeln, konnte er sich locker ausmalen. An solch großen Markttagen trafen manchmal tatsächlich auch Leute ein, die man am wenigsten sehen wollte.

Schnell einigte man sich darauf, als nächstes großes Ziel Rovereto anzuvisieren, von da nach Bardolino und schließlich nach Sirmione zu reiten. Dort anzukommen, hatte Georg alles andere, als eilig. Befürchtete er doch, dass sich das Zeitentor sofort öffnen werde, wenn Maja in der Nähe sei.

Diesmal mussten sie allerdings erst einmal wieder unter Bäumen am Waldrand übernachten, weil sie völlig vergessen hatten, nach dem kürzesten Weg zu fragen. Majas Abenteuerlaune bekam mitten in der Nacht einen herben Dämpfer, denn das Wetter schlug um. Von einem Augenblick auf den nächsten rauschten wahre Sturzbäche aus den Wolken, die in wenigen Minuten den Boden in eine Morastlandschaft verwandelten.

Sie flüchteten mit Sack und Pack unter einige besonders dicht belaubte Bäume, die wenigstens einen Teil der Wassermassen von oben abhielten. An Schlafen war nun nicht mehr zu denken, denn mit der Feuchtigkeit kam auch die Kälte. Mehr als zehn Grad weniger, als am Tag vorher und schon kroch zäher Nebel vom Fluss heran, der die Weiterreise völlig verhinderte, weil man nicht einmal die Hand vor Augen sehen konnte.

Maja zog alles übereinander, was in den ver-schnürten Paketen trocken geblieben war, und sehnte sich nach einem heißen Bad. Ein starker Kaffee hätte es ja für den Anfang auch getan. Nur steckte der zum heutigen Zeitpunkt in Europa noch in den allerersten Kinderschuhen. Es gab nur wenige Zeitgenossen, die überhaupt schon einmal Kunde davon erhalten hatten, dass es ihn gab.

„Ich vermute, Ihr vermisst etwas aus Eurem alten Leben", hörte sie Georg sagen, der ihr ver-haltenes Schnaufen, richtig deutete.

„Das Dumme ist, es wird von Tag zu Tag mehr", gab Maja zu.

Georg tastete in der grauen Nebelsuppe nach ihrer Hand, um sie tröstend zu drücken.

Die folgende Nacht lagerten sie immer noch am selben Platz, weil sich die feuchten Schwaden ein-fach nicht verziehen wollten. Das mühsam gesam-melte Reisig brannte schlecht und erzeugte mehr beißenden Rauch als Wärme. Mit viel Geduld gelang es ihnen, Kräutertee aufzubrühen, der etwas innere Wärme brachte.

Als endlich die Sonne wiederkam, mussten sie all ihre Dinge auf der nächsten Wiese ausbreiten, um sie gründlich zu trocknen. Am vierten Tag zogen sie weiter. Dass Maja inzwischen ein Kaninchen in einer Schlinge gefangen hatte, ersparte es ihnen, hungern zu müssen. Die Reste gruben sie sofort ein, um nicht selber eine Schlinge um den Hals zu bekommen.

Ein Ziel vor Augen

Mit dem schönen Wetter kehrte auch die gute Laune zurück. Maja kaute Sauerampfer und witzelte: „Sauer macht lustig, aber erst am dritten Tag."

Georg winkte lachend ab. Er hatte es inzwischen aufgegeben, in all ihren Sprüchen wirklich einen Sinn finden zu wollen.

„Hat zudem viel Vitamin C und hilft gegen Skorbut. Auch fette Speisen macht er bekömmlicher. Stimmt's Meister Fabian?"

Der nickt vorsichtig.

Georg lachte gleich noch mehr. „Ich wette, Ihr könnt mit diesem Vita … Vita … na, mit dem Zeh nichts anfangen!"

„Scheint so", kicherte Maja. „Wird noch ein paar Jahrhunderte dauern, ehe man die Vitamine in Obst und Gemüse findet. Aber tröstet Euch, Meister Fabian, Euer Wissen wäre in meiner Zeit auch bares Geld wert. Immer mehr Menschen besinnen sich auf das, was die Natur kann und zu bieten hat."

„Das beruhigt mich", schmunzelte der Heiler, und nahm die dargebotenen Ampferblätter dankend entgegen. „Das sollte man aber nur in Maßen essen", mahnte er.

„Weiß ich", erwiderte Maja. „Die paar Blätter machen das Kraut bestimmt nicht fett."

„Im wahrsten Sinn des Wortes“, warf Georg ein, „wenn ich mich richtig an Eure Worte von vorhin erinnere.“

Maja blinzelte unschuldig, schwang sich auf ihren Braunen und gab ihm einfach die Zügel frei. Er hielt sich auch so genau an der Seite des vertrauten Rappen Georgs. Wie gut Rührei mit Ampfer oder heißer Ampfer zum Brot schmeckte, hatte sie die Männer schon lange gelehrt.

Sie wäre die ideale Frau für mich, dachte Fabian traurig. *Was könnten wir gemeinsam erreichen!*

Maja ahnte nichts davon. Sie erzählte Georg gerade wieder von ihrem Besuch in Siena.

„Klingt, als könntet Ihr es kaum erwarten, diese Stadt noch einmal zu besuchen“, stellte er schnell fest und amüsierte sich über das begeisterte Nicken.

Der nächste Ort, Rovereto, empfing die Reisenden mit Saunawetter. Es hatte am Morgen geregnet. Nun brannte die Sonne unbarmherzig hernieder und unangenehm warme Dampfschwaden stiegen aus den feuchten Niederungen. Die vielen Traubeneichen, die auch im Stadtwappen zu finden waren, sogen das begehrte Nass aus dem Boden. Einige der Bäume hatten bestimmt schon mehr als 800 Jahre hier gestanden und Maja überlegte, was sie wohl schon alles *gesehen* haben mochten.

Seit einigen Jahren, genau seit 1416, stand Rovereto unter dem Einfluss Venedigs und daran sollte sich auch für die nächsten rund 100 Jahre nichts ändern.

Natürlich sprang Maja sofort das Castello di Rovereto, auch Castel Veneto genannt, ins Auge. Ob man hier wohl ahnte, dass dieses Zeugnis venezianischer Baukunst ein Paarhundert Jahre später das Museo Storico Italiano della Guerra, ein historisches Kriegsmuseum, beherbergen werde, nachdem es völlig umgebaut worden war?

Georg hatte andere Sorgen. Er spähte nicht nach fremden Burgen, sondern nach einfachen, aber gediegenen Herbergen aus.

Maja indes betrachtete noch immer die Burg. In ein paar Jahren würde Sigmund, der Münzreiche, 12.000 Mann hier aufmarschieren lassen und das Ende der Burg besiegeln, wie sie momentan in Erscheinung trat. Nach zwei Wochen Belagerung im Jahr 1487 werde Venedig die Burg aufgeben müssen und sie in Brand stecken. Danach erst sollte sie das Aussehen erhalten, wie Maja es aus dem 21. Jahrhundert kannte.

Sigmund und immer wieder Sigmund. Ein bisschen Stolz, mehr als nur die kurzzeitige Aufmerksamkeit solch eines hochgestellten Mannes erregt zu haben, mischte sich schon unter die trüben Gedanken. Ob er sie wohl hin und wieder vermisste? Wie mochte es ihm wohl gerade ergehen?

Maja zuckte heftig zusammen, als sie von Georg angesprochen wurde.

„Erinnerungen?", fragte er kurz und Maja bekam unverfänglich die Kurve, indem sie erklärte: „Sie wird ein ähnliches Schicksal wie Hohenfreyberg erleiden, nur besser daraus hervorgehen."

„Gibt es irgendwas, worüber Ihr noch nichts gehört habt?", fragte Fabian beeindruckt.

„Mehr, als Ihr glaubt, mein Lieber!" Maja riss sich endlich vom Anblick der stolzen Höhenburg los, die eines Tages noch viel grandioser aussehen werde.

Zu Füßen der Burg fanden sie auch endlich Unterschlupf, deftiges Essen und guten Wein. Georg gelang es sogar, für Fabian eine einzelne Kammer zu bekommen, was Maja mit einem Blick honorierte, der Georg einen wohligen Schauer über den Rücken jagte. So zügelte er sich stark beim Trinken, um wahrhaft brandheißen Sex genießen zu können. Er sollte sich auch nicht geirrt haben, denn Maja fiel wie ein ausgehungertes Raubtier über ihn her, als sich die Tür noch nicht einmal richtig hinter ihnen geschlossen hatte.

Er konnte sich an den Fingern einer Hand abzählen, wie sehr sie unter der ständigen Anwesenheit Fabians litt. In dieser Nacht forderte sie das Äußerste und Georg leistete fast Unmenschliches, sie allumfassend zufriedenzustellen. So wurde aus der einen geplanten Übernachtung noch eine zweite, weil Georg, völlig ausgepumpt, bis in die frühen Nachmittagsstunden schlief.

Zudem schlüpfte sie gleich wieder unter seine Decke, um sich noch einen heftigen Nachschlag zu holen, kaum dass er die Augen öffnete.

„Ihr werdet doch wohl nicht krank werden?", fragte Fabian besorgt, ihn nachdenklich betrachtend.

Georg grinste genüsslich, als er verneinte. Für diese Explosion der Gefühle hätte er sogar vollen 24 Stunden Tiefschlaf in Kauf genommen. Er fühlte noch den ganzen Tag Majas streichelnde Hände zwischen seinen Schenkeln nach und wenn er daran dachte, wie sie sich im Rhythmus eines wilden Rittes, auf seinen Oberschenkeln sitzend, bewegt hatte, wurde es ihm sofort wieder ziemlich eng in seiner Hose.

Auf dem Markt deckten sie sich mit Lebensmitteln für die nächsten Tage ein und Maja hielt Ausschau nach den modischen Trends dieser venezianischen Epoche.

Am Abend sprachen die drei über das Ziel des nächsten Tages. Majas Vorfreude hatte sich in unbestimmtes Bangen gewandelt, denn ihr war durchaus bewusst, dass die Scaligerburg in dieser Zeit eine waffenstarrende Verteidigungsanlage darstellte, in die sie die Venezianer gerade um- und ausbauten.

Auch andere, sehr unangenehme Details der Geschichte fielen ihr ein, wie der Scheiterhaufentod der Patariner 1276 in der Arena von Verona, den ihnen Mastino I. della Scala beschert hatte. Na gut, das war vor rund 200 Jahren gewesen, änderte aber nichts daran, dass sich Maja fürchtete, ebenso zu enden, wenn man ihr Geheimnis entdeckte.

Georg sah ihr den Zweispalt der Gefühle an. „Wollt Ihr trotzdem die alten römischen Ruinen besuchen?"

Majas Mundwinkel zuckten. „Ich will", murmelte sie.

„Dann ist es beschlossen", erwiderte Georg lakonisch.

Fabian enthielt sich aller Kommentare.

Die Nacht verbrachten die Liebenden mit zärtlichem Kuschelsex. Georg wuchs wieder über sich hinaus, denn er hatte die ernsthafte und nicht ganz unbegründete Befürchtung, Maja am nächsten Tag zu verlieren.

Spannungen

Als der erste Hahn krähte, sattelten die drei gerade ihre Pferde. Der Wirt hatte einen fairen Preis für die Übernachtungen gemacht und ihnen den bequemsten Weg zum Lago di Garda erklärt. Georg nahm mit voller Zufriedenheit zur Kenntnis, dass dieser fast doppelt so lang wie der kürzeste war. Damit gewann er einen ganzen Tag mit Maja, sollte sich die geheimnisvolle Tür in eine andere Zeit wirklich öffnen.

Das Wetter meinte es diesmal gut mit ihnen. Die Windstille paarte sich mit milden, nicht zu warmen Temperaturen und Maja brillierte mit ihrem Wissen um das Castel Veneto, welches sie in der Stadt nicht kundtun wollte.

„Und was ist mit Sirmione?", fragte Georg plötzlich.

„Wir werden Mühe haben, überhaupt bis dahin zu kommen, wohin ich möchte", gab Maja zu. „Der Weg, den ich kenne, führt über die Zugbrücken."

„Hervorragend!" Georg hob die Augenbrauen, Maja darauf die Schultern. „Vielleicht kann uns jemand mit einem Boot ans Ziel bringen."

„Ach schau an! Unter den Augen einer Festungsbesatzung in voller Bewaffnung!"

Maja atmete tief durch. „Verlangt Ihr, dass ich mir den Zugang beim Kommandanten erschlafe?"

„Gott bewahre!", rief Georg entsetzt. „Wie kommt Ihr denn auf solch wilde Gedanken?!"

„Ach, was weiß ich!" Maja wandte sich ab und war in den nächsten zwei Stunden nicht zu sprechen.

Georg hüllte sich ebenfalls in Schweigen und Fabian trabte ratlos hinterher. Solch eine spannungsgeladene Stimmung hatte er zwischen den beiden noch nie erlebt. Stur, wie Maja war, ignorierte sie auch jeden Versuch Georgs, wieder normale Verhältnisse herzustellen.

Vielleicht tut sie es ja, damit mir der Abschied nicht so schwerfällt, dachte er und hielt schließlich alle Versionen der Kontaktaufnahme für vergeblich.

Warum macht sie das, wunderte sich Fabian.

In Majas Hirn geisterten viele Frage herum: *Werde ich das Tor finden? Und wenn ja, was geschieht dann? Wohin wird es mich bringen? Werde ich in die Zeit der Cäsaren geworfen? Ist es nicht besser, bei Georg zu bleiben, wo ich halbwegs vernünftig leben kann? Was passiert, wenn die beiden mit in meine Zeit reisen? Geht das überhaupt?*

„Maja."

„Was???" Sie dreht sich unwirsch zu Georg herum.

„Mittagszeit. Da vorn ist ein Wirtshaus."

Über Majas Gesicht huschte ein verlegenes Lächeln. Sie hatte nicht bemerkt, wie schnell der halbe Tag vergangen war. „Nichts wie hin!"

„Euer Wunsch ist mir Befehl", erklärte Georg amüsiert, ihr vom Pferd helfend, damit Fabian die vier Tiere zur Tränke bringen konnte. „Seid Ihr nun wieder etwas friedlicher gestimmt? Oder muss ich mich abwehrbereit hinter geschlossenem Helmvisier verschanzen?"

„Kommt ganz darauf an, wie hier das Essen schmeckt", gab Maja schmunzelnd zurück.

„Oh je! Dann sollte ich die Bestellung wohl gleich mit vorgehaltener Waffe aufgeben." Georg rief nach dem Wirt, während Maja und Fabian in schallendes Lachen ausbrachen.

Noch mehr lachten sie, als sich herausstellte, dass der Wirt kein Wort verstand und man sich mit Händen und Füßen erklären musste. Auf alle Fälle standen am Ende drei Becher Wein auf dem Tisch und eine kräftige Fleischbrühe mit einem großen Kanten Brot zum Auftunken. Einfach, mit fantastischem Geschmack und vor allem reichlich.

Ritter Georg lehnte sich zurück und strich sich zufrieden über den vollen Bauch. „Er scheint Ladiner zu sein."

„Ja, das würde zu diesem Essen passen", stellte Maja fest. „Diese Volksgruppe gibt es auch in meiner Zeit noch. Das erste Mal habe ich diese Bezeichnung im Zusammenhang mit Musik gehört", erinnerte sie sich. „Was mag ihn wohl hierhin gezogen haben?"

„Das werden wir wohl nie erfahren", merkte Georg an. „Vielleicht war es ja die Liebe."

„Schöner Gedanke." Majas Blick glitt auf einen imaginären Punkt in der Ferne.

„Ihr liebt ihn immer noch", hörte sie Georg murmeln.

Maja schüttelte den Kopf. „Es ist nicht, wie ihr denkt. Das Thema Sigmund ist für mich abgehakt."

„Den habe ich nicht gemeint." Georg griff nach dem Weinkrug.

„Ihr seid eifersüchtig auf einen Mann in einer völlig anderen Zeit?", fragte Maja verblüfft.

„Ja." Georg leerte den Krug in einem Zug.

Fabian zog verschüchtert den Kopf ein. Der Ritter schien völlig verzweifelt zu sein und Maja reagierte, als habe sie es nicht einmal bemerkt. Ein Pulverfass mit einer ziemlich kurzen brennenden Lunte, wie Fabian fand.

Georg fühlte, dass er über den Durst getrunken hatte, und steckte vor dem Weiterritt den Kopf ins Wasser der Pferdetränke, um wieder halbwegs nüchtern zu werden. Er bemühte sich unterwegs auch sehr, Maja nicht zu reizen. Wenn er sie schon hergeben musste, dann wollte er es nicht im Streit tun. Sie sollte wundervolle Erinnerungen mitnehmen und möglichst auch ein bisschen Sehnsucht nach ihm haben.

Sie auf die sprichwörtliche Palme zu bringen, übernahmen ein paar Minuten nach seinen Gedanken andere ...

Ausgangs des nächsten Waldstückes prügelten sich fünf Männer und wie es der Zufall wollte, flog Majas Pferd ein Knüppel vor die Brust, den der eine dem anderen gerade noch über den Kopf gezogen hatte. Majas Brauner ging erschreckt auf die Hinterhand und hätte sie fast abgeworfen. Noch dazu versuchte einer, mit einer Heugabel nach dem Tier zu stechen.

Maja sah rot, sprang vom Pferd, riss dem Kerl die Forke aus der Hand und drosch sie ihm um die Ohren, dass ihm für die nächsten Minuten Hören und Sehen vergingen. Die übrigen vier Raufbolde gaben Fersengeld.

Ehe Georg und Fabian begriffen hatten, was passierte, war der Spuk auch schon vorbei. Maja tätschelte ihrem Ross den Hals, schwang sich in den Sattel und ritt weiter, als sei nichts gewesen.

„Nun habe ich auch keine Zweifel mehr, wie sie Euch verteidigt hat, als Ihr am Boden lagt", raunte Fabian Georg zu, der schmunzelnd nickte. Hatte er es doch soeben auch zum ersten Mal bewusst erlebt, dass sein Knappe Maximilian zur Bestie werden konnte. Da wurde alles zur Waffe, was in greifbare Nähe kam.

Auf der nächsten Rast zog sich Maja einige Schiefer aus dem Handballen, die sie sich an dem groben Stiel der Heugabel eingerissen hatte und die mittlerweile dafür sorgten, dass die linke Hand etwas anschwoll. „Das fehlte mir noch", schimpfte sie, den halben Arm ins Wasser des Baches haltend.

Georg presste die Lippen zusammen. Egal, was er jetzt sagte, Maja würde unwirsch reagieren. Sie befand sich so offensichtlich in dem Zwiespalt zwischen gehen und bleiben wollen, dass sie bei jeder Kleinigkeit überreagierte. Bis gestern war ihm solches von ihr beinahe fremd gewesen. Aber eben nur beinahe. Wenn er sich recht erinnerte, dann hatte sie am Tag ihrer ersten Begegnung genau so unter Anspannung gestanden. Damals wie heute ging es für sie möglicherweise um Leben oder Tod.

Dann hellte sich Majas finstere Miene langsam wieder auf. Sie hatte soeben die ersten blühenden Agaven erspäht. Ihr Blick huschte von Opuntien, die über und über mit großen gelben Blüten bedeckt waren, zu vielfarbigen Oleandersträuchern, Olivenbäumen, Zedern, Zypressen und vielen anderen Pflanzen, die ihr deutlich zeigten, dass der Gardasee nicht mehr weit entfernt sein konnte.

Die Männer kamen aus dem Staunen gar nicht mehr heraus. Waren doch beide niemals hier gewesen und sahen die wundervollen Pflanzen zum ersten Mal. Zwar hatte ihnen Maja davon erzählt, nur hatte das fern und fantastisch geklungen. Nun standen sie vor all diesen Dingen und konnten es kaum fassen.

„Morgen suchen wir uns eine vernünftige Herberge", schlug Maja vor und Georg nickte begeistert. Das hieß nämlich, dass Maja damit rechnete, mehrere Tage nach dem geheimnisvollen Tor in ihre Welt suchen zu müssen. Es bedeutete aber auch, dass Maja heute gleich irgendwo auf freiem Feld zu nächtigen gedachte.

„Wartet!", rief Fabian, als sie absitzen wollten. „Da hinten sehe ich ein Gehöft. Lasst uns dort nach einem Nachtlager fragen!"

„Aber gern doch!" Maja lenkte ihren Braunen in die angezeigte Richtung.

„Oh, eine Ölmühle!", staunte sie beim Näherkommen.

Die drei staubbedeckten Reiter wurden genau so neugierig gemustert. Ritter Georg sprang vom Pferd und näherte sich den Besitzern des Hofes zu Fuß. Nach einem kurzen Palaver winkte er seine beiden Begleiter heran. Die stiegen ebenfalls ab und führten die vier Pferde an den Zügeln mit sich.

Sie bekamen einen großen Platz in der noch leeren Scheune, wo sie sich ein Nachtlager einrichten konnten. Die Pferde durften sie im Stall der Esel mit unterstellen. Als die drei auf der steinernen Bank vor der Scheune ihr Abendessen aus dem Proviantsack nehmen wollten, winkte die Frau des Hauses ab. Mann und Sohn brachten einen Tisch und zwei Holzbänke, die Frauen Speisen.

Maja aß mit großem Appetit sowohl Salzfleisch, als auch Käse und Schüttelbrot, welches sie in dieser Region nicht mehr vermutet hatte. Natürlich gab es frisches Olivenöl dazu, was in ihrem Gesicht die Sonne aufgehen ließ. Der hiesige Wein rundete den Geschmack perfekt ab.

Georg schob dem Hausherrn ein paar Münzen für Kost und Logis über den Tisch, worauf der Sohn noch ein paar Carpione, wie die Italiener die Gardaseeforellen nennen, an Spieße steckte und sie überm Feuer garte.

„Wirklich köstlich", seufzte Maja.

Die Gastgeber hatten zwar nicht verstanden, was sie sagte, an den halb geschlossenen Augen und dem Genießergesicht aber deutlich abgelesen, was sie meinte. Natürlich nickten sie nun, erfreut zustimmend.

Beim Schlafengehen schmiegte sich Maja unter der Decke eng an Georg, der in diesem Augenblick Fabian Meilen fortwünschte. Wahrscheinlich die letzte gemeinsame Nacht mit ihr und keine Möglichkeit, sie wirklich zu genießen! Schließlich gingen wenigstens seine Hände auf Wanderschaft über ihren Körper und Maja hatte Mühe, ein lustvolles Stöhnen zu unterdrücken. Es dauerte ewig, bis Meister Fabian endlich einschlief und sich Georg still und behutsam holen konnte, was er sich sehnlich wünschte.

Eine Handvoll wild gewordene Hähne krähten bereits vor dem Morgengrauen. Maja hätte ihnen am liebsten den Hals umgedreht, Georg schnaufte und Fabian schaute sich etwas orientierungslos um. Das Weingelage vom Vorabend hatte bei allen dreien deutliche Spuren hinterlassen. Maja hauchte Georg einen Kuss auf die Wange und rappelte sich gähnend auf.

„Tut das eine Dame?", witzelte Georg.

„Die nicht, aber Euer Knappe." Maja streckte sich, noch einmal herzhaft gähnend.

„Ich würde es Euch nicht einmal im Gewand einer kaiserlichen Hofdame übelnehmen", erklärte Georg. „Es ist verdammt früh am Morgen."

„Ich fühle mich wie gerädert", klagte Fabian, sich den Kopf haltend.

Maja gähnte noch einmal. „Und ich bin hundemüde. Ist noch irgendein Hund so müde?"

„Wuff", machte Georg, sich auch nur mühsam in die Senkrechte stemmend. Hatte er doch am Vortag gleich zwei Mal über den Durst getrunken, was sonst gar nicht seine Art war.

Nach einer Viertelstunde waren sie trotzdem abmarschbereit, sattelten die Pferde und zogen ganz gemächlich davon. Die kühle Morgenluft tat ihnen gut.

„Bei diesem Tempo kommen wir am späten Vormittag in Sirmione an", prophezeite Georg.

Maja lachte: „Schneller geht nicht, da falle ich vom Pferd. Ich bin immer noch müde, als hätte ich vier Tage nicht geschlafen."

„Geht mir auch so", gab Fabian bekannt. „Mein Schädel brummt zudem wie ein Bienenkorb."

Auf der Suche nach dem Tor

Sirmione kam schneller in Sicht, als gedacht.

„Ein wundervoller See!", schwärmte Georg beim Anblick des tiefblauen Wassers. „Aber Wellen hat der!"

„Nicht mehr lange", verriet Maja. „Hier gibt es verschiedene Winde, die zu festen Zeiten wehen und dann halt das stille Wasser heftig in Bewegung setzen können. Jetzt weht noch der Pelér. Er beginnt stets in der zweiten Hälfte der Nacht und wird noch ein paar Stunden herrschen. Mittags kommt dann Ora, der Südwind. Er bläst bis in die Abendstunden. In meiner Zeit sind dann Surfer und Segler besonders aktiv."

„Ach, ich erinnere mich!", rief Georg. „Diese Surfer sind die, mit den Brettern, wo ein Segel dran ist!"

„Richtig!", lobte Maja amüsiert.

„Die Festung ist auch imposant", staunte der Ritter wenig später. „Es macht mich schon ein bisschen neidisch, dass sie überleben soll und meine Burg nicht. Warum nur?"

„Ich kann es Euch nicht sagen", seufzte Maja. „Es scheint sehr schwer zu sein, zu verwinden, dass Ihr Hohenfreyberg verkaufen musstet. Warum eigentlich?"

Georg schaute Maja fest an. „Ich möchte nicht darüber sprechen. Dass es auch in Eurer Zeit nicht ganz geklärt ist, beruhigt mich. Ich bin ziemlich sicher, dass Ihr mir nicht alles erzählt. Lasst mir also auch ein Geheimnis."

„Dann steckt eine Frau dahinter?", bohrte Maja weiter.

Georg zog eine Augenbraue hoch. „Ja, wegen Frauen tun Männer die albernsten Sachen. Wie mit Euch nach Sirmione reiten, um die Geliebte an einen anderen zu verlieren. Weitere Fragen?"

Maja presste die Lippen zusammen.

Georg wandte sich ab, damit sie nicht sehen konnte, wie seine Augen feucht schimmerten. „Suchen wir dieses vermaledeite Tor und passen auf, dass man uns nicht in den Kerker wirft."

Fabian fasste sich an den Hals, als spüre er die Schlinge des Henkers. Ihm wurde von Minute zu Minute unbehaglicher im Angesicht der wehrhaften Burg.

Die beiden anderen taxierten die Türme, die Waffen und Wächter.

„So wird das nichts", gab Maja schließlich zu. „Ich sollte als Frau erscheinen, um eine unverfängliche Chance zu bekommen. Ab, in die nächste Herberge!"

„Sie treibt mich noch in den Wahnsinn!", knirschte Georg, als ihn Fabian hilflos ansah. „Tun wir, was sie verlangt!"

Wird wohl das Beste sein, dachte der Medicus, ihnen wortlos folgend.

Sie fanden in direkter Ufernähe mehrere Häuser, die infrage kamen. Maja fügte sich der Entscheidung Georgs, der eindeutig nach strategischen Punkten auswählte. Er wollte die Scaligerburg sehen, aber selbst nicht gesehen werden. Schon gar nicht, wenn Maja zwischen Mann und Frau zu wechseln gedachte. Auf diese Weise kam Fabian wieder zu einem eigenen Zimmer, was ihm aber gar nicht, Georg umso mehr, gefiel.

Georg nutzte die Gelegenheit, als sich Maja umzog, einige Augenblicke abzuzweigen. Im 21. Jahrhundert hätte man es einen superschnellen Quickie genannt.

Schlimmer als Karnickel, aber es ist wundervoll. Maja blinzelte Georg stumm zu, während sie sich flugs weiter neu einkleidete. Sie trug nun die teuersten Kleider, die sie besaß, den Schmuck, welchen ihr Georg Metzner verehrt und die wertvollsten Ringe, welche Georg für sie gekauft hatte.

„Ihr seht grandios aus, meine Geliebte", schwärmte er, sich ebenfalls in die erlesensten Gewänder kleidend. „Gehen wir!"

Fabian beobachtete vom Fenster aus, wie die beiden prunkgewandet auf ihren Pferden davonzogen. Er war froh, sie nicht begleiten zu müssen. Sein Bedarf an Abenteuern war bereits überreichlich gedeckt. Nur war er zu ängstlich, allein in fremden Landen zu bleiben. Also zog er lieber mit ihnen von Ort zu Ort, in der Hoffnung, dass die beiden irgendwann für längere Zeit verweilen würden.

Maja hielt an der Seite Georgs direkt auf die Zugbrücke der Festung zu, die man sie problemlos passieren ließ. Das Wappen Georgs signalisierte keine Gefahr und die edle Dame stufte man erst recht als ungefährlich und schutzbedürftig ein. Es fand sich rasch jemand ein, der sprachlich zufriedenstellend vermitteln konnte, und die beiden Reisenden sahen sich wenig später in Gesellschaft des Festungskommandanten wieder.

Maja erklärte unumwunden, dass sie von den alten römischen Mauerresten gehört habe, und diese besuchen wolle, so man ihr die Genehmigung dazu erteile. Zu ihrer größten Verblüffung begleitete sie der Kommandant persönlich zu jenen Ruinen, die man in ihrer Zeit *die Grotten des Catull* nannte.

Georg stand unter der gleichen Anspannung wie Maja. Jeden Augenblick erwartete er, dass sich das Tor öffnen werde. Maja überspielte ihre Ungeduld geschickt, indem sie mit dem Herrn über diesen Militärstützpunkt eine angeregte Unterhaltung führte und ihn buchstäblich zu jedem Mauerrest befragte. So schaffte sie es auch, an jedem Ort, wo sie damals mit Gaius Iulius entlanggegangen war, und heiße Stunden mit ihm verlebt hatte, mehrere Minuten zu verweilen. Leider ohne Erfolg.

Nach fast drei Stunden stand fest, dass der Zeittunnel nicht geneigt war, Maja in ihre Zeit zurückzubringen, was Georg mit tiefer Zufriedenheit erfüllte. Maja hingegen konnte ihre Enttäuschung kaum verbergen. Wie sie es geschafft hatte, den ganzen Abend lang unterhaltsam und liebenswürdig zu sein, wusste sie nicht. Georg musste sie jedenfalls intensiv trösten, kaum dass er sie an der Herberge vom Pferd gehoben hatte. Und das tat er mit solcher Hingabe, dass Maja den vergeblichen Versuch, nach Hause zu gelangen, kaum noch tragisch nahm.

Beide interessierte es nicht, dass Fabian mit dem Ohr an der Wand lag und jedem Atemzug lauschte. Er malte sich die ganze Nacht lang die wildesten Dinge aus, sodass er am Morgen völlig aufgedreht war und im Schmuck dunkler Augenringe prangte. Maja und Georg sahen erst ihn, dann sich an und prusteten los, was Fabian mit mürrischem Gesicht quittierte.

Maja amüsierte sich wirklich prächtig, denn Georg verhielt sich immer öfter erstaunlich modern für das 15. Jahrhundert. Der Umgang formte eindeutig den Menschen. Dabei mussten beide aufpassen, dass das keiner merkte, außer Fabian natürlich, der innerlich oft genug über beide den Kopf schüttelte. Aber auch nur, weil er selber viel zu ängstlich war, wie sie herumzualbern.

„Wollt Ihr hier verweilen, und einen neuen Versuch wagen, oder …?" Georg sprach den Satz nicht zu Ende, weil er unterschwellig ahnte, welche Antwort er bekommen werde.

„Wir reiten weiter", legte Maja da auch schon, genau wie erwartet, fest.

„Wohin?", fragte Fabian erstaunt und ziemlich beunruhigt.

„Richtung Ligurien!", strahlte Maja. „Ich will das Meer und die Berge wiedersehen. Zudem können wir dort, in den milden Temperaturen, gut überwintern."

„Gibt es etwas, das ich wissen sollte?", hakte Georg sofort ein, sie mit schief gelegtem Kopf musternd.

„Nicht, dass ich wüsste!" Maja grinste harmlos. Die heiße Affäre mit Oberto Doria lag 200 Jahre zurück und ging ihn nichts an. Sie fragte ihn ja schließlich auch nicht, mit wem er vor ihr das Bett geteilt hatte.

„Weiber!", murmelte Fabian und Georg nickte vorsichtig, worauf Majas Mundwinkel noch mehr in Richtung der Ohren wanderten.

„Wir werden über Cremona, Piacenza, Pavia, Savona nach Andora reiten und von da weiter, die Küste entlang, über Imperia nach Dolceacqua in einem der Täler", legte Maja fest.

Georg zog die Augenbrauen zusammen. „Sucht Ihr dort etwas Bestimmtes?"

„Ja. Das nächste Tor nach Hause." Maja stieg auf ihren Braunen und trabte voran.

Verdammt! Ich hatte gehofft, sie würde aufgeben! Ritter Georg knirschte deutlich hörbar mit den Zähnen. *Na, wenigstens werden wir einige Wochen unterwegs sein … glaube ich …*

Maja schlug den Weg über die Handelsroute nach Cremona ein. Sie war jetzt schon neugierig, was sie alles wiedererkennen werde. Ob die Po-Ebene wohl in dieser Zeit genau so eintönig war, wie sie sie immer erlebte? Wo würde man den Fluss überqueren können? Fragen über Fragen.

Inzwischen kramte sie aus ihrem Gedächtnis hervor, was sie alles über Cremona wusste, und dort schon gesehen hatte. An den neueren geschichtlichen Daten war auch Ritter Georg interessiert, dem nur bekannt war, dass die Stadt 1419 an Filippo Maria Visconti gegangen war.

Maja erzählte den Männern, dass die schönsten Gebäude aus dem 13. Jahrhundert stammten, und sie diese leider nur an einem regengrauen Oktobertag besuchen konnte.

„Vielleicht habt Ihr ja diesmal mehr Glück", tröstete Georg.

„Oder wir bleiben, bis das Wetter schön ist", wagte Fabian, zu bemerken.

Maja lächelte. „Ein durchaus akzeptabler Vorschlag."

Nach namhaften Geigenbauern brauchte man jedenfalls noch nicht ernsthaft, auszuschauen. Da mussten noch ein paar Jährchen vergehen, obwohl die Amati Dynastie 1097 aus deutschen Gegenden gekommen sein sollte oder sich zumindest bis dahin zurückverfolgen ließ. Maja seufzte bei diesen Gedanken. Ihre eigene Familiengeschichte ließ sich auch bis ins Jahr 912 zurückverfolgen, nur hatte ihr das nie etwas genutzt. Höchstens stammte von da ihr ausgeprägtes Faible für das Mittelalter.

Georg zählte an den Fingern ab. „Das sind über 1100 Jahre!", worauf Maja mit traurigem Blick die Schultern hob.

„Ich möchte Euch wieder lächeln sehen", bat Georg. „Weder kann ich es ändern, dass Ihr in meinem Jahrhundert festsitzt, noch bin ich schuld daran."

„Ihr habt ja recht", gab Maja zu. „Es ist einzig und allein meine Schuld. Ich habe mir die Suppe eingebrockt, nun muss ich sie auch auslöffeln. Zudem bin ich wirklich dankbar, dass Ihr zu Eurem Wort steht und zu mir, obwohl ich Euch ständig das Leben schwer mache."

„Wie viele Orte kennt Ihr, wo sich Zeitentore öffnen können?", fragte Fabian.

„Außer denen in Zirl und Sirmione, habe ich noch sechs Tore erlebt, an die ich mich auf die Schnelle erinnern kann – in Dolceacqua, Cannes, San Gimignano, Prag, Paris und noch eins in Saalfeld. Ach! Das am Misurina-See hätte ich fast vergessen. Außerdem scheint es noch ein paar Fenster zu geben, durch die man nur kurz hindurch sehen kann."

„Von dem ganzen Kram schwirrt mir langsam der Schädel!" Georg fasste sich an den Kopf. „Fenster?"

„Ja, ja!" Maja erzählte ganz aufgeregt, was sie im Bus am Achenpass und auf den Klippen von San Remo erlebt hatte.

Georg hörte erstaunt zu. „Meine Liebe, langsam glaube ich, dass Ihr das Phänomen seid, nicht das Tor der Zeit. Es würde sich wohl auch irgendwann genau hier öffnen, wenn eine bestimmte Konstellation zwischen Euch und etwas Unbekannten eintritt. Das erinnert mich alles ganz stark an Astrologie."

„Kennt Ihr Euch damit aus?"

„Nein, aber ich habe einiges darüber gehört", gab Georg Auskunft. „Über Planeten und ihre Stellungen zueinander und vielen Dingen, die ich nicht verstehe. Seit ich Euch kenne, weiß ich aber, dass es Sachen gibt, die man nicht wirklich erklären und auch nicht greifen kann."

„Wenigstens haltet Ihr mich nicht für eine Verrückte, der man den Teufel austreiben muss", sagte Maja mehr zu sich, als zu ihm.

Georg lächelte melancholisch. „Euch würde ich eher für ein himmlisches Wesen halten, dem man die Flügel gestohlen hat." Er vermied bewusst die Bezeichnung *Engel,* denn Maja frönte mit Hingabe den irdischen Genüssen. Andererseits stand schon in den Kirchenschriften, dass sich Himmelssöhne mit Menschentöchtern gepaart hatten. Warum sollte es zwischen Himmelstöchtern und Menschensöhnen nicht genau so sein?

Maja schien seine Gedanken fühlen zu können, sie blinzelte ihm nämlich, von Fabian unbemerkt, verheißungsvoll zu.

„Da vorn sind Häuser", bemerkte Georg in diesem Moment.

Maja schaute nach dem Stand der Sonne. „Cremona wird das wohl noch nicht sein. Aber Zeit für eine längere Pause ist allemal, schon der Pferde wegen."

Sie ließen zuerst die Tiere am nahen Bach trinken, suchten sich einen weitausladenden Baum als Schattenspender, und lehnten sich sitzend an seinen Stamm. Maja naschte Trockenobst und reichte das Säckchen weiter.

„Ich kann das im Sommer, wenn frisches Obst zu haben ist, einfach nicht leiden", schlug Fabian das Angebot aus.

Georg langte zu. „Mir schmeckt es immer. Hauptsache: Ich muss nicht hungern. Zudem verdirbt es auf langen Ritten nicht."

Maja spähte in den Beutel. „Es wäre sinnlose Verschwendung die letzten Bestände wegzuwerfen. Aufheben geht auch nicht, sie würden im nächsten Winter nicht mehr genießbar sein." Sie fasste noch einmal zu. „Bei uns ist Dörrobst wahnsinnig teuer. Das kann ich nicht alle Tage haben. Und wenn ich doch mal welches kaufe, dann futere ich fast immer gleich die ganze Tüte leer. Stockfisch und Trockenfleisch esse ich übrigens auch sehr gern. Nur Rosinen sind mir zu süß. Die nehme ich nur zum Backen."

„Was sind Rosinen?", fragte Georg.

„Ihr kennt sie wahrscheinlich unter der Bezeichnung Zibeben", verriet Maja.

Georg nickte. „Ja, die kenne ich. Das sind getrocknete Weinbeeren. Ich mag sie nun wieder besonders."

„Kein Wunder!", lachte Maja. „In Eurer Zeit und Gegend gibt es, außer Honig und Zibeben, kaum oder keinen Süßkram."

„Ich kann ja Euch vernaschen. Ihr seid ausnehmend süß, meine Liebe", konterte Georg.

Fabian hüstelte gekünstelt.

Georg breitete gönnerhaft die Arme aus. „Was wollt Ihr? Ich weiß, dass Ihr wisst, dass ich es bei jeder Gelegenheit mache."

Maja spitzte genüsslich die Lippen und amüsierte sich über den heftig errötenden Fabian. Der konnte sich offensichtlich niemals daran gewöhnen, dass Maja zwei Gesichter hatte. Und die sowohl die zarte, liebenswürdige Dame als auch der raubeinige, draufgängerische Knappe sein konnte.

„Was ist denn das?" Georg richtete sich auf und auch die beiden anderen lauschten. Für Maja klang es fast wie eine Dampflok in voller Fahrt. Nur gab es im 15. Jahrhundert nichts dergleichen.

„Ach du Sch …!" Maja schlug die Hände vors Gesicht. „Das riecht nach Ärger!"

Hinter ihrem Rücken kroch eine schwarze Wand am Himmel heran, aus der heftige Blitze zuckten.

„Weg hier! Vielleicht erreichen wir die Stadt, ehe die Katastrophe über uns hereinbricht!" Sie rannte zu den Pferden.

Die Männer sprangen ebenfalls auf, wie von Stahlfedern getrieben, dann rasten auch schon alle vier Pferde in halsbrecherischem Galopp quer über die Wiesen, ohne auf Wege und Stege zu achten.

Hoffentlich geht das gut! Maja dachte mit Sorge an den Haufen Metall, in Form von Rüstungen und Waffen, die sie mit sich herumtrugen.

Erste Hagelschloßen trommelten hernieder. Die Pferde schnaubten ängstlich und flogen der schützenden Stadt entgegen. Dann öffnete der Himmel alle Schleusen. Innerhalb von Minuten stand den Pferden das Wasser bis über die Hufe.

Unter schweren Donnerschlägen erreichten sie die ersten Häuser. Eine mitleidige Seele gewährte ihnen nach einigem Suchen Unterschlupf in einem Schuppen, wo die Pferde eng an eng, aber trocken stehen konnten und die drei Reiter wenigstens auch ein Dach über dem Kopf hatten.

„Das war knapp", kommentierte Maja den Ausgang der wilden Hatz.

„Und noch nicht zu Ende", erwiderte Georg, als es erneut krachte und der ganze Schuppen zu wanken schien. Dann läutete die Feuerglocke.

Wie alle anderen liefen sie auf die Straße, um zu helfen. In unmittelbarer Nähe war der Blitz in einen Baum gefahren, hatte ihn entzündet und herabfallende Äste steckten das angrenzende Haus in Brand. Selbst der strömende Regen konnte nicht verhindern, dass der Dachstuhl Feuer fing. Die drei reihten sich in die Eimerkette ein. Es dauerte fast eine halbe Stunde, bis die letzten Brandnester gelöscht waren.

„Glück im Unglück", kommentierte ihr Gastgeber den Schaden. „Wenigstens stehen die Mauern noch und das Dach kann man reparieren. Ihr habt Euch sicher den Besuch in dieser Stadt anders vorgestellt."

„Unbestritten", erwiderte Georg, dem, wie allen anderen, das Wasser zum Kragen hinein und zu den vollen Stiefel wieder heraus quoll.

„Tretet ein. Ich mache gleich ein Feuer, an dem Ihr Euch trocknen könnt." Der Hausherr öffnete seine Tür.

„Wollt Ihr denn gar nicht wissen, wen Ihr einlasst?", fragte Georg überrascht.

Der Gastgeber winkte ab. „Wer, ohne zu zaudern, anderen hilft, kann kein schlechter Mensch sein. Meine Herren, ich werde schon noch erfahren, wen ich beherberge." Er werkelte eifrig an der Feuerstelle herum.

Die Wärme tat den völlig Durchnässten gut und sie bekamen auch noch einen heißen Trank für das innere Wohlbefinden. Maja beschloss, das Versteckspiel für den heutigen Tag zu beenden, um sich nicht den Tod zu holen.

Massimo, der Hausherr, glaubte zu träumen, als der vermeintliche Mann das Wams abstreifte und sich das weiße, durchfeuchtete Hemd anregend an eindeutig weibliche Rundungen schmiegte. Als der sein langes Haar löste, damit es endlich auch trocknen konnte, klappte sein Unterkiefer bis auf die Schuhspitzen.

Georg zuckte mit dem Augenlid. „Darf ich vorstellen? Die Dame Maja von Sebnitz, der Medicus Fabian aus Tirol und ich bin Ritter Georg von Freyberg-Eisenberg."

„Ich hätte schwören können, drei Männer zu Pferde gesehen zu haben", murmelte Massimo, unverwandt die Dame anstarrend.

„Die werdet Ihr morgen auch wieder sehen", versprach Maja blinzelnd. „Dann bin ich erneut Maximilian von Sebnitz und Ihr habt Maja nie zu Gesicht bekommen."

Massimo verstand. „Ich schwöre, dass drei Männer bei mir waren."

„Sehr gut." Georg versiegelte Massimos Mund zusätzlich mit einer Silbermünze.

Massimo brachte eines seiner langen Hemden und hielt es Maja mit bittendem Blick entgegen. Sie nahm es auch sofort mit einem dankbaren Lächeln an, wandte sich einfach um, streifte das nasse Gewand ab und das herrlich trockene über. Ihrer Hosen entledigte sie sich auf gleiche Weise.

Der Gastgeber merkte an den Reaktionen der Männer sofort, dass seine drei Gäste schon manchen Kummer miteinander erlebt haben mussten, denn keiner stieß sich daran, dass die Dame mehr Bein zeigte, als üblich gewesen wäre. Massimo überlegte kurz, dann holte er noch eine wärmende Decke, in die sich Maja fast ganz einwickeln konnte.

„Oh, das tut gut", seufzte sie, als sie sich endlich trocken aber noch frierend, ganz nah ans Feuer setzen konnte.

Georg ließ Massimo die Freude, Majas Kleidung immer wieder vor den Flammen zu wenden, damit sie recht schnell trocknete. Er und Fabian hatten genug damit zu tun, die eigenen Sachen zu beaufsichtigen, damit sie nicht ankokelten.

Das Unwetter war zwar schnell weitergezogen, hatte aber noch eine ganze Stunde lang unangenehmen Regen dagelassen. Kaum hörte der auf, kam die Sonne hervor.

Massimo spähte aus dem Fenster. „Ihr werdet keine Chance haben, heute oder morgen viel von Cremona zu sehen, das Wasser steht noch wie ein See und alle Wege sind morastig. Bleibt doch noch drei Tag bei mir, falls Euch mein bescheidenes Heim ausreicht."

„Wir nehmen an", erklärte Georg, nachdem er sich kurz mit Maja und Fabian beraten hatte. Es hätte ja wirklich in einer sinnlosen Schlammschlacht geendet, wären sie in den nächsten 48 Stunden weitergezogen. „Uns treibt doch keiner", meinte Georg, worauf Fabian zu Maja hinüber schaute.

Die begann zu lachen. „War ja klar."

Allerlei Schwierigkeiten

Es grenzte schon an akrobatische Einlagen, die vier Pferde mit sauberem Wasser zu versorgen und den Mist hinauszuschaffen. Massimo tat alles, um seinen hohen Besuch mitsamt den Tieren bestmöglich zu verwöhnen. Schließlich kam es nicht alle Tage vor, dass ein Adelsherr mit einer Dame beim einfachen Bürger Quartier nahm. Da gab es ganz andere Möglichkeiten.

Natürlich sonnte er sich im Neid der Nachbarn. „Ich war einfach da, als sie am dringendsten Hilfe brauchten. Ihr hättet ihnen ja nur die Tür öffnen müssen, als das Inferno tobte", wiederholte er stets, wenn er gefragt wurde, was ihn denn so besonders für sie mache.

Als die Pfützen endlich von Straßen und Plätzen verdunsteten, bereitete es ihm riesige Freude, seine Gäste zu den schönsten Gebäuden der Stadt zu führen.

Das Baptisterium und den Dom mit Torrazzo hatte Maja sofort wiedererkannt, obwohl sich in den nächsten Jahrhunderten daran noch einiges ändern sollte. Sie erklärte Georg und Fabian, dass der Torrazzo sogar bis ins 20. Jahrhundert der höchste Kirchturm Italiens geblieben war und seine 112 Meter erst durch den Campanile des neugotischen Doms in Mortegliano überragt wurden.

Die Loggia dei Militi stammte ebenfalls aus dem späten 13. Jahrhundert und sollte sich optisch kaum mehr verändern, stellte Maja erfreut fest. Sie ärgerte sich ein wenig, bei ihrem ersten Besuch nicht mehr über das Gebäude in Erfahrung gebracht zu haben. Sie glaubte, sich aber zu erinnern, dass von Fahnen, Gesetzestexten und allerlei Militärischem die Rede war, was hier aufbewahrt wird, worauf auch der Name des Bauwerks hindeutet.

„Gibt es Personen, die Ihr hier gern treffen möchtet?", fragte Georg leise.

Maja schüttelte den Kopf. „Ausgerechnet in diesem Jahrhundert hat sich wohl keiner so hervorgetan, dass ich ihn unbedingt kennenlernen muss. Die guten Geigenbauer kommen alle erst später."

„Und vorher? Wen hättet Ihr gern getroffen?"

Maja überlegte ungewöhnlich lange. „Ich erinnere mich an einen besonders. Aber der hat vor langer, langer Zeit gelebt."

Georg hob die Hände. „Wer ist es denn? Ihr wisst doch, dass ich mich hier nicht sonderlich auskenne."

„Publius Quinctilius Varus, ein römischer Feldherr, der vor rund 1600 Jahren, auf die jetzige Zeit gerechnet, gelebt hat. Man sagt, bis ins Jahr neun der christlichen Zeitrechnung."

„Was hat ihn so bedeutend gemacht, dass Ihr Euch für ihn interessiert?", fragte Fabian.

„Sein verhängnisvolles Scheitern als Feldherr in einer Schlacht in Germanien, die man später nach ihm benannt hat", erwiderte Maja. „Und der Ausruf, den sein Kaiser, Augustus, getan haben soll: Quintili Vare, legiones redde! Also: Quintilius Varus, gib die Legionen zurück! Es waren nämlich ganze drei Legionen, die innerhalb vier Tagen fast komplett vernichtet worden sind. Varus und seine höchsten Offiziere nahmen sich wegen dieser Katastrophe auf dem Schlachtfeld das Leben. Es heißt, er sei verraten worden. Ich weiß absolut nicht warum, aber sein Scheitern kommt mir oft in den Sinn."

„Wie viele Kämpfer sind eine Legion?", wollte Georg nun ganz genau wissen. Denn er hatte keine Vorstellung von der Größe der Schlacht, die Maja so tief beeindruckt hatte.

„Wir reden in dieser Schlacht von drei Mal 3000 bis 6000 Soldaten schwerer Infanterie und drei kleinen Abteilungen Legionsreiterei mit etwa 120 Mann pro Legion. Also, sehr knapp gerechnet, von rund 15.000 Römern, die allein in dieser Schlacht gestorben sind. Wie viele germanische Kämpfer starben, das weiß ich beim besten Willen nicht."

„Lasst uns das Thema wechseln", bat Georg.

Maja lächelte. „Nichts lieber als das! Wo ist die nächste Osteria?"

Massimo hatte von der Unterhaltung nicht viel mitbekommen, denn seine Gäste hatten sehr schnell gesprochen und so gut konnte er einfach nicht für sich übersetzen. *Osteria* hatte er aber verstanden und auch gesehen, wie sich die Gesichter aufhellten.

„Ah, guter Wein? Kein Problem! Wir gehen zu Mario." Er marschierte sofort los.

„Und dazu eine Pizza und ein großes Zitroneneis", schmunzelte Maja.

„Das Eis kann ich Euch leider für alles Geld der Welt nicht besorgen", murmelte Georg.

„Gibt gutes Essen bei Mario", versuchte Massimo zu trösten.

Mario erspähte die edel gekleideten Fremden noch eher als Massimo, obwohl der ihnen voranging. Es erstaunte ihn schon, dass diese ganz zielstrebig auf sein kleines Wirtshaus zuhielten, obwohl er sie noch nie hier gesehen hatte. Fast genau vor der Tür sah er erst Massimo und begriff, dass dieser ihm ein gutes Geschäft bescheren wolle.

„Das Beste ist gerade gut genug", raunte Massimo, die Schwelle überschreitend.

„Das befürchte ich auch", murmelte Mario, dienstbeflissen einen Begrüßungstrunk und Becher auftragend. Die stellte er natürlich nur vor den drei Herren auf den Tisch.

„Quattro!" Der jüngste Herr schob seinen Becher zu Massimo weiter, der ihn mit einem erfreuten Nicken entgegennahm.

Mario stieg persönlich in den Weinkeller, um den besten Rebensaft ans Licht zu holen, den sein Haus zu bieten hatte. Weil er wusste, dass wirklich Geld hinter seinen Gästen stand, tafelte er zudem reichlich Fleisch vom Rind und Wild auf in verschiedenen Varianten auf.

„Erzählt uns ein bisschen, was es Neues gibt", bat Maximilian, als man sich der Verdauung und noch einem Becher Wein widmete, denn als Wirt bekam Mario mehr zu Ohren als andere.

„Nun ja, was soll ich sagen", überlegte er. „Galeazzo Visconti lässt seit ein paar Jahren ein wundervolles Schloss in Pavia bauen."

„Ist das nicht der Herr, der Signoria der Visconti, der Künstler und Schriftsteller um sich versammelt?", fragte Maja neugierig.

„Ja, ja, das ist er!", rief Mario. „Im Augenblick ist dort ein Mann zu Gast, der Gedichte über die Liebe schreibt. Peter ... Petra ..."

„Doch nicht etwa Francesco Petrarca?!" Maja bekam große Augen.

Mario nickte. „Ihr kennt ihn?"

„Dem Namen und seinen Werken nach", verriet Maja.

„Vielleicht sollten wir Pavia einen Besuch abstatten?", stellte Ritter Georg in den Raum.

Maja überlegte hin und her. „Interessieren würde mich das schon sehr. Galeazzo Visconti hat in diesem Schloss eine sehenswerte Bibliothek." Als Mario an einem anderen Tisch bediente, fügte sie für Georg und Fabian leise hinzu: „Die in meiner Zeit noch immer erhalten ist und der Universität Pavia gehört."

„Dann sollten wir wirklich nach Pavia reiten. Vielleicht nimmt Euch der große Kunstmäzen unter seine Fittiche. Dann könnt Ihr endlich wieder Schreiben und Ruhe ins unstete Leben bringen", schlug Georg vor.

Allerdings hatte er nicht mit der folgenden Reaktion gerechnet. Denn Maja hob ruckartig den Kopf und musterte ihn wie einen Schwerverbrecher. „So schnell habt Ihr mich satt?"

„Ich … ich … ich habe es doch nur gut gemeint", stotterte Georg sichtlich verwirrt. „Wenn es Euch lieber ist, dann machen wir einen großen Bogen um Pavia. Obwohl … Wie kommen wir dann nach Savona?"

Maja legte beide Hände an ihre Schläfen. „Schon gut. Ich glaube, ich hatte ein bis zwei Becher Wein zu viel. Es wird Zeit, zu gehen."

Gehen war auch gut gemeint. Georg und Fabian mussten etwas nachhelfen, Maximilian in der Spur zu halten. Massimo lief extra langsam. Er sorgte sich sehr.

„Maximilian war noch nie so betrunken", erklärte Georg, der schon froh war, dass sein *Knappe* die friedliche Art bevorzugte und einfach nur immer stiller wurde, wo andere zu singen anfingen. In Massimos Haus brachten sie Maja sofort zu Bett.

„Ich werde das Gefühl nicht los, dass sie liebend gern zu den Visconti reiten würde. Allerdings scheint sie Furcht zu haben, man ließe sie nicht mehr gehen." Georg wanderte, die Arme auf dem Rücken verschränkt, im Zimmer auf und ab.

„Na ja, vielleicht ist diese Angst nicht ganz unbegründet", warf Fabian ein. „Es war keine Rede davon, dass er Frauen fördert."

„Wie denn auch?!" Georg blieb abrupt stehen. „Welche Frauen können schon schreiben? Sind die nicht an den Fingern einer Hand abzuzählen, welche literarisch schaffend sind?"

Fabian schmunzelte. „Die besten Früchte reifen manchmal im Verborgenen. Ich kann Maja verstehen. Auf welche Weise könnte sie beweisen, dass sie schon unzählige Bücher geschrieben hat?"

„Ihr habt ja recht", gab Georg kleinlaut zu. „Ihr könnt Eure Kunst jederzeit an einem Kranken demonstrieren, ich könnte in einem Turnier bestehen, aber Maja müsste offenbaren, dass sie nicht aus dieser Welt stammt. Das würde ihr bestimmt nicht gut bekommen."

„Und genau das weiß sie!", nickte Fabian. „Ob eine zweite Flucht für sie so glimpflich ausginge, wie die von Fragenstein, wage ich, ernsthaft zu bezweifeln. Die Macht der hiesigen Herrscher reicht unglaublich weit."

„Und selbst darüber ist sie besser informiert, als unsereiner", fügte Georg bewundernd hinzu. „Ich schaue erst einmal nach, wie es ihr geht."

Wenige Augenblicke später kam er wieder. „Sie schläft ganz fest. Wir sollten morgen aufbrechen."

Das wiederholte er auch, als Massimo vom Markt zurückkam.

„Ich habe es befürchtet", murmelte der Hausherr traurig.

„Es liegt nicht an Euch", versuchte Georg zu erklären. „Maja hält es an keinem Ort länger als vier Tage aus."

„Falls Ihr irgendwann noch einmal nach Cremona kommt, wisst Ihr ja, wo mein Haus steht." Massimo wünschte ihnen eine gute Nacht. Ehe er schlafen ging, schaute er noch einmal zu den Pferden. Es war alles in bester Ordnung. Sein Blick streifte das Zaumzeug. Majas Wallach war mit dem hellbraunen Leder aufgezäumt gewesen, erinnerte sich Massimo. Er kramte in einer kleinen Truhe in der Ecke des Stalles und fand schließlich, was er suchte. Augenblicke später zierte eine winzige silberne Plakette mit dem vierfingerigen Zeichen der Lombardei das Gurtwerk auf der linken Seite des Pferdes.

„Möge es Euch Glück bringen und ein Helfer in der Not sein", flüsterte Massimo beschwörend.

Der nächste Morgen wartete mit strahlendem Sonnenschein auf. Der letzte Regen hatte den Wiesen und Feldern Kraft beschert, so dass die ganze Pianura padana, die Po-Ebene, in frisches Grün gekleidet war. Massimo begleitete die drei bis auf die Handelsstraße, wo er sich tränenreich verabschiedete und ihnen noch fast eine Stunde hinterher sah, denn die drei Reiter ließen ihre Pferde gemächlich im Schritt gehen.

Jeder hing seinen eigenen Gedanken nach, aber keiner sprach den vergangenen Abend an.

50.000 Quadratkilometer fruchtbares Land, überlegte Maja. *Fast nicht zu glauben, dass in manchen Sommern hier der Po fast ausgetrocknet ist. Ach, was soll es! Mir sind die Berge in jedweder Form lieber und das Meer. Ich sehne mich nach Ligurien, wo das Meer die Berge küsst.* Sie blinzelte in die Sonne.

Georg hingegen dachte nur an Maja. Das Morgenlicht auf ihrem Gesicht mit den halbgeschlossenen Augen, inspirierte ihn. *Ich wünschte, ich wäre ein Maler! Dann würde ich genau diesen Moment festhalten. Für immer, für alle Zeiten und vielleicht für Maja, die das Bild irgendwann, irgendwo in ihrer Welt in einem die-*

ser Museen entdecken könnte ... und sich vielleicht sogar an jenen Moment erinnern würde.

Fabian quälten ganz andere Sorgen: *Und wieder ein Tag im Sattel. Ich hätte in Cremona bleiben sollen. Warum kehre ich nicht einfach um? Andererseits erlebe ich mehr, als ich mir je erträumt habe. Ich komme an Orte, die kannte ich nicht mal dem Namen nach. Zudem macht es keinen Spaß, allein zu sein. Bin gespannt, ob wir solch ein Zeitentor finden und was dann passiert.*

Die rund 35 Kilometer Luftlinie zwischen Cremona und Piacenza gestalteten sich zu Pferd doch etwas schwieriger. Von wegen, man kann sich nicht verlaufen! Es zweigten so viele Straßen und Wege ab, dass die drei manchmal nachfragen mussten, ob sie überhaupt noch auf der richtigen Fährte waren.

Dann kam der Moment, wo sie all ihre Pläne, in der Stadt zu übernachten, über den Haufen warfen. Man warnte sie ganz offen, die Stadt zu betreten, da es wieder einmal sehr dicke Luft, wie schon so oft, gab. Die guelfische Obrigkeit hatte die Bevölkerung zum wiederholten Mal gegen sich aufgebracht und diese hatte kurzerhand die einflussreichen Ghibellinen zu Hilfe gerufen.

Es brodelte gewaltig und Maja wusste, dass 1447 Piacenza von Francesco I. Sforza erobert und geplündert werden würde. Der Supergau stand also kurz bevor, die Zeichen standen schon deutlich sichtbar auf Sturm.

Um allem Ungemach aus dem Wege zu gehen, trieben sie ihre Pferde an, um aus der unheilvollen Nähe der Stadt zu kommen.

„Irgendwo auf halber Strecke nach Pavia muss ein Ort sein, den man Castel San Giovanni nennt", überlegte Maja. „Vielleicht haben wir dort eine Chance auf ein sicheres Nachtlager. Ich möchte ungern unter freiem Himmel schlafen."

„Eine Burg?", fragte Georg erstaunt.

„Ja", bestätigte Maja. „Eine Höhenburg. Man munkelt, sie hüte 1000 Geheimnisse."

„Ihr sagt das so eigentümlich", ließ sich Fabian vernehmen.

Maja hob die Schultern. „Na ja, kurz vor meiner Zeit ist einer ihrer Herren auf seltsame Weise ums Leben gekommen. Sie muss wohl auch über unentdeckte oder unerforschte Räume verfügen."

„Interessant!" Georg spähte voraus, ob er das Bauwerk irgendwo entdecken könne.

„Mein Magen knurrt wie ein wütender Hund", klagte Maja.

„Meiner auch", gab Fabian zu.

Georg nickte. „Die Pferde sind auch fast am Ende. Hoffentlich …"

„Da ist sie!" Maja zeigte zu dem hellen Schein auf der Felsspitze hinüber.

Sie brauchten noch fast eine Stunde, ehe sie am Tor klopfen und um Einlass bitten konnten. Die

Wachen meldeten die Ankömmlinge und wenige Augenblicke später erhielten sie Zugang.

„Ihr habt Glück meine Herren, dass die Zugbrücke noch offen war. Wir waren bereits im Begriff, sie hochzuziehen. Da meldete ein Wächter vier Pferde, die auf die Burg zuhalten."

Zwei Stallburschen nahmen sich der Tiere der entkräfteten Fremden an. Wie die drei reagierten und ihre Waffen an den Sätteln ließen, zeigte dem Herrn der Burg, dass sie in friedlicher Absicht gekommen und wirklich nur auf der Suche nach einem Nachtlager waren. Und das Magenknurren der drei konnte man beim besten Willen kaum überhören. Also reichte man ihnen kalten Wildschweinbraten, Brot und Wein, was sie überaus erfreut dankend annahmen.

„Woher kommt Ihr?", wurden sie natürlich gefragt und Ritter Georg übernahm es, sich und seine Begleiter vorzustellen und zu berichten, wie man von Innsbruck aus aufgebrochen sei. Logisch, dass kein Wort von Fragenstein oder gar Sigmund, dem Münzreichen, fiel.

Einer der Stallburschen erschien. „Herr, wir haben das Gepäck in das Schlafgemach der Gäste gebracht."

„Hervorragend! Und die Waffen?"

„Die sind noch im Stall."

„Möchtet Ihr sie bei Euch haben?", wandte sich der Burgherr an Georg.

„Nein. Ich glaube nicht, dass wir sie unter Eurem Dach benötigen."

Der Burgherr nickte zufrieden. „Ich versuche, mich auch aus den meisten Zwistigkeiten herauszuhalten. Nur ist es nicht immer einfach. Jeder glaubt, dass man stets für irgendwen Partei ergreifen müsse. Hier ist Neutralität eine Form des Überlebens. Mal hauen die Guelfen und mal die Ghibellinen auf den Putz. Halt nur nicht im Turnier. Das Leben kann manchmal recht beschwerlich sein."

Georg schaute ihn nachdenklich an. „Klingt, als wünschtet Ihr Euch auch oft Meilen fort."

„So ist es, mein Herr. Besonders im Augenblick. In Piacenza ist gerade mal wieder der Teufel los."

„Das ist ja der Grund, warum wir weitergeritten sind! Wir haben noch weniger Freude daran, auf Reisen in irgendwelche Scharmützel verwickelt zu werden, deren Grund wir nicht einmal kennen. Meist geht es ja um Macht und Geld, weniger um Ruhm und Ehre."

„Sind ja auch keine Schriftsteller", warf Georg anzüglich ein, um Maja zu foppen. Sie hatte so viel über das Thema erzählt, dass er sich immer wieder einen Spaß daraus machte.

„Die versammeln sich in Pavia!", rief der Burgherr.

„Davon haben wir auch gehört", erwiderte Georg. „Wir werden aber nur Proviant aufnehmen und weiterziehen."

Nun zog es die drei erst einmal in die Betten. Es war ein verdammt langer Ritt gewesen. Herr und Knappe bekamen eine gemeinsame Kammer, was Georgs Augen sofort aufstrahlen ließ. Die Wände waren dick, wie auch Maja mit dem ersten Blick feststellte. Sogar die stabile Tür hätte man zuschließen können.

Kaum allein, blinzelte Georg lockend mit einem Auge, Maja grinste genüsslich. In den letzten Tagen hatte es keine Möglichkeiten gegeben, sich miteinander zu befassen, und beide waren entsprechend liebeshungrig. Er wartete, bis sie im Bett war, dann löschte er sofort das Öllämpchen. Man musste ja nicht sichtbar kundtun, dass man an anderes, als Schlafen, dachte.

Auf ein Vorspiel verzichteten sie, um in einer kurzen, aber äußerst heftige, Vereinigung einen grandiosen Höhenflug zu erleben, welcher Lust auf mehr machte. Georg ließ seine Fingerspitzen über Majas Bauch gleiten und zupfte spielerisch an ihrem Piercing.

„Etwas weiter unten ist eine Stelle, an der mir das viel besser gefällt", hauchte sie ihm ins Ohr, worauf seine warmen Hände genau dahin glitten, wo sie sie haben wollte. Ein tiefer Seufzer zeigte an, dass er eine Punktlandung hingelegt hatte.

Georg lächelte im Dunkel. Es tat gut, zu wissen, auch hier einen Sieg nach dem anderen bei Maja zu erringen. Wenn er sie doch nur bewegen könnte, für immer bei ihm zu bleiben! Die tiefe Angst, sie zu verlieren, trieb ihn immer wieder an, im Bett all ihre Wünsche zu erfüllen. Er konnte ja auch keinesfalls behaupten, weniger Spaß an dem wilden Treiben zu haben. Dazu gehörte auch, ganz schnell begriffen zu haben, mit exzellenter Fingerfertigkeit Jubelstürme heraufzubeschwören.

„Wie wäre es mit Schlafen?", hörte er sie schließlich wispern und flüsterte amüsiert zurück: „Das ist aber der letzte Wunsch, den ich Euch heute erfülle."

Am Morgen folgten sie dem gutgemeinten Vorschlag des Burgherrn, auf dem Ritt nach Pavia wenigstens Kettenzeug oder einen Brustharnisch zu tragen. „Zwar hilft das nicht in jedem Fall gegen Feuerwaffen, aber es erhöht die Chance, unbeschadet durch das Krisengebiet zu kommen." Er bot ihnen Hilfe an.

„Wir werden Wappen und Stärke zeigen", versprach Georg und der Burgherr verstand recht schnell, was er meinte. Georg trug fast volle Rüstung unterm Wappenumhang, Maximilian komplettes Kettenzeug und Helm. Für Fabian kauften sie ein kurzes Kettenhemd zu, welches ihm sofort ein Gefühl von Sicherheit vermittelte.

Maja verabschiedet sich mit einem langen Blick durch den Innenhof, der sich halbkreisförmig zum Tal öffnete, von dieser Trentiner Burg. Vielleicht werde sie sie ja in einer anderen Zeit noch einmal besuchen können.

„Meine Tür steht Euch immer offen", bot der Burgherr an, alle drei mit Schulterschlag verabschiedend.

Durch das große eisenverstärkte Tor zogen sie im Morgendunst langsam davon.

„Heute müssen wir irgendwo den Po überqueren", informierte Maja ihre beiden Begleiter. „Ich habe nur absolut keine Ahnung wo. Wir hätten im Castell fragen sollen."

„Dafür kommt der Hinweis leider zu spät", lachte Georg. „Irgendwo werden wir schon eine Brücke finden oder jemanden, der weiß, wo eine ist."

„Bei dem Wort Brücke fällt mir ein, dass die Reise durch Ligurien hart werden wird. Es gibt ja die ganzen Tunnel, Autobahnen und gut ausgebauten Serpentinenstraßen noch nicht. Wir werden wohl nur den alten Römerstraßen folgen können, um halbwegs vernünftig voranzukommen."

„Lasst Euch sagen, dass Ihr es diesmal nicht in zwei Tagen schaffen werdet, vom Ausgangspunkt zum Ziel zu kommen", witzelte Georg, worauf er sich einen finsteren Blick von Maja einfing.

Dann konterte sie: „Es braucht sicher auch kein anderer 500 Jahre, um von einer Busreise wieder nach Hause zu kommen, wie ich."

Es kommt noch dicker

Ritter Georg winkte lachend ab, was sich auch auf die beiden anderen übertrug. Er wusste ja, dass Maja immer mit Worten zurückschlug. Er liebte es, sie zu necken, achtete aber stets darauf, sie nicht ernsthaft zu verärgern.

„Es sind rund 23 Meilen bis Pavia", rechnete Maja soeben aus, von ungefähr 38 Kilometern und dem metrischen System ausgehend.

„Und bis Savona?", wollte Fabian wissen.

„107 Meilen."

„Ach herrje! Das ist ja richtig weit! Da will ich lieber gar nicht wissen, wie weit es bis Dolceacqua ist."

„175, Meister Fabian. Aber das sind die Entfernungen, wie ich sie vom Bus her kenne. Keine Ahnung, welch wilde Wege wir reiten müssen."

Georg hielt seinen Rappen an. „Schaut mal! Hier ist der Fluss fast ausgetrocknet. Wollen wir nicht gleich diese Furt nutzen, um auf die andere Seite zu gelangen?"

„Versuchen wir es." Maja lenkte ihr Ross auf den steinigen, nun trockengefallenen Grund. „Nicht das, was mein Pferd mag, aber es sinkt wenigstens nicht ein." Das seichte Rinnsal in der Mitte des Flussbettes übersprang das Pferd. Die Männer folgten ihr sofort.

Die Freude über die geglückte Querung hielt nicht lange an, denn auf der anderen Seite war kein richtiger Weg erkennbar.

„Zurück!", forderte Georg und Maja gehorchte ohne Diskussion. „Suchen wir eine Brücke!"

Hätten sie auch nur ansatzweise geahnt, in was sie noch geraten sollten, hätten sie wohl lieber die Pferde am Zügel durchs Unterholz geführt, statt umzukehren. Wieder einmal sollte ihnen ein lichter Wald zum Verhängnis werden. Für Maja war es wie ein Déjà-vu, als mehrere Männer von den Bäumen herab sprangen. Auf jeden Reiter kamen zwei Angreifer.

Fabian wurde vom Pferd gerissen, Georg und Maja wehrten sich nach Leibeskräften, wobei die bei Maja um einiges schwächer waren. Eine ernsthafte Chance, gegen zwei kräftige, kampferprobte Männer zu bestehen, hatte sie nicht. Zwar verletzte sie beide, sah sich aber plötzlich gleich vier Gegnern gegenüber. Georg gewahrte aus den Augenwinkeln wie Maja bewusstlos zu Boden ging, nachdem sie mit einem Morgenstern einen Schlag auf den Helm bekommen hatte.

Das fachte die Wut des Ritters an, der alle Regeln in den Wind schrieb und auf brutalste Weise beidhändig die Gegner malträtierte. Nachdem er einem den Waffenarm abgehackt hatte, stach er dem nächsten das Schwert mitten ins Gesicht. Majas Brauner begann, wie er es schon so oft getan hatte, seine ohnmächtige Herrin mit den Hufen zu verteidigen. Ein Armbruch und ein zertrümmerter Unterkiefer gingen am Ende auf sein Konto. Die beiden fast unverletzten Angreifer flohen schließlich mit ihren Kumpanen.

Georg schnitt zuerst Fabian los, damit der sich sofort um Maja kümmern konnte, die noch immer leblos auf dem Weg lag. Fabian nahm ihr zuerst Helm und Kettenhaube ab, dann fühlte er nach dem Puls der Halsschlagader.

„Sie lebt!", rief er erfreut. „Gebt mir die Wasserflasche!"

Georg reichte sie ihm. Fabian feuchtete ein Tuch an, mit dem er Majas Stirn abtupfte. Mit einem gequälten Stöhnen öffnete sie endlich die Augen.

„Maja!" Georg ging neben ihr auf die Knie. „Nicht bewegen, Liebste. Es wird alles gut."

„Genau das hat Sigmund auch gesagt und was hat es mir eingebracht?", stieß sie mühsam hervor.

Georg wurde blass. „Das konnte ich nicht wissen." Es hinderte ihn aber nicht, weiter Majas Hand zu halten, die die seine fest drückte. Ganz egal, schien er ihr wohl doch nicht zu sein.

Die Männer versuchten, Maja vorsichtig in sitzende Stellung zu bringen. Ihr wurde sofort übel. Also unterließen sie weitere Versuche, bauten aus dünnen Baumstämmen lieber eine Rutsche, die sie Majas Braunem an den Sattel schnürten.

Nach wenigen Metern war klar, dass sie die Verletzte so nicht transportiert konnten. Mittels zweier weiterer langer Stangen wurde das Packpferd am anderen Ende mit angespannt, sodass Maja erheblich schmerzärmer in bewohnte Gegenden gebracht werden konnte.

Aus Sorge um Maja hatte Georg völlig vergessen, sich um seine eigenen Blessuren zu kümmern. Aber die paar Schnitte und Kratzer konnten einen eisenharten Ritter nicht aus der Bahn werfen. Irgendwann hörten die Blutungen von ganz allein auf. Fabian hatte nur ein paar Abschürfungen an den Armen erlitten, war ansonsten mit dem Schrecken davongekommen.

Es dauerte fast zwei Stunden, bis sie endlich Häuser entdeckten.

„Eine Ölmühle", stellte Georg sofort fest. „Hoffentlich sind wir hier genau so willkommen wie in der letzten Mühle."

„Ich glaube nicht, dass man uns abweisen wird", meinte Fabian. „Ich will es einfach nicht glauben."

Da liefen auch schon mehrere Frauen auf sie zu, um zu helfen. Sie schauten die drei Ankömmlinge kopfschüttelnd an.

„Banditi", sagte Georg zur Erklärung, ihnen seine zerschnittenen Hände zeigend. Auf Fabian deutend, erklärte er: „Medico."

Georg redete mit Händen und Füßen, um deutlich zu machen, was mit dem Verletzten auf der Trage passiert sei.

„Ah, commozione cerebrale!", rief eine der Frauen und deutete heftiges Erbrechen an.

„Sì!" Georg nickte. „Ja, ja eine Gehirnerschütterung!"

„Tutto andrà bene!"

„Den Satz hört Maja gar nicht gern", seufzte Georg. „Das heißt nämlich, dass alles gut wird."

Fabian grinste, als Maja die Augen verdrehte, sich aber eines verbalen Kommentars enthielt. Ihr ging es so offensichtlich schlecht, dass er sich auch Sorgen zu machen begann. Er hob sie, in ihren Umhang gebettet, zusammen mit Georg aus der provisorischen Trage. Sie folgten den Frauen ins Haus, wo Maja eine Schlafstatt in einem Kämmerchen bekam. Georg deutete an, sich selbst mit dem Medicus, um den Kranken kümmern zu wollen.

Als der Besitzer der Mühle aus dem Olivenhain zurückkam, war auch ein Gespräch möglich, denn Urs, der gebürtige Schweizer, konnte beinahe perfekt übersetzen. Die Männer sprachen langsam miteinander, weil es hin und wieder doch zu Missverständnissen zwischen den Dialekten führte, die sofort ausgeräumt werden mussten.

Als Georg den Hergang des Überfalls erklärte, seufzte Urs: „Es sind wahrhaftig schwere Zeiten.

Jeder, der auf Raub aus ist, glaubt auch, sich bei mir bedienen zu können, ganz wie es ihm beliebt. Aber da haben sie sich geschnitten." Er krempelte einen Ärmel hoch und entblößte einen sehnigen Unterarm, der, mit der wuchtigen Faust, sicher wie ein Vorschlaghammer wirkte. „Ihr bleibt jedenfalls erst einmal hier, bis Euer junger Freund wieder bei vollen Kräften ist."

Er drehte den verbeulten Helm nachdenklich in den Händen, betastete die Löcher, die der Morgenstern gerissen hatte, und meinte kopfschüttelnd: „Mit einer anderen Helmform hätte Euer Knappe sicher nicht überlebt."

„Ich weiß", erwiderte Ritter Georg. „Dabei ist es nur einem Zufall zu verdanken, dass er einen Normannenhelm trägt. Ich hatte schlicht keinen anderen in seiner Größe in meiner Waffenkammer."

„Ein Stück des Weges ist eine Schmiede. Lasst den Helm dort wieder herrichten", schlug Urs vor und Georg dankte sehr für den guten Rat.

Um Geld zu sparen, beschlossen Georg und Fabian, sich Kost und Logis zu erarbeiten, indem sie in der Ölmühle halfen. Urs wollte erst gar nicht annehmen.

„Seit wann arbeiten Adelsherren für einen Ölmüller? Ihr seid meine Gäste!"

„Aber Ihr könnt Hilfe gebrauchen, wenn ich mich nicht irre." Georg deutete auf einige Baumstämme, die dringend zu Feuerholz gemacht werden mussten. „Ehe ich morgens ohne meinen Knappen mit dem Schwert in der Luft herumfuchtele, spalte ich doch lieber Holz, um die Muskeln zu stählen! So oder so, kein Ritter kann sich Nachlässigkeit in der Körperertüchtigung leisten, wenn er Sieger bleiben will."

„Wie Ihr wollt! Ihr habt mich soeben mit Worten besiegt!" Urs gab ihm eine Axt und ein paar Anweisungen, wie groß er die Scheite gerne hätte.

Fabian fiel die Aufgabe zu, diese dann ordentlich zu stapeln. Was bei dem Tempo, das Georg vorlegte, auch bei Fabian zu Schweißausbrüchen führte. Maja bekam von alldem nichts mit, sie schlief fast die ganze Zeit.

„Wird sie wirklich wieder richtig gesund werden?", fragte Georg nach zwei Tagen überaus besorgt, denn sie reagierte sehr heftig auf Licht und Geräusche, indem sie sich die Decke über den Kopf zog.

Fabian hätte im Normalfall mit der Gegenfrage geantwortet, ob Georg dieses Phänomen nicht selber aus Turnieren und Kriegen kenne. Nur litt der Ritter so um Maja, dass es der Medicus nicht übers Herz gebracht hätte, unwirsch zu werden.

„Sie braucht ganz einfach Zeit", erklärte er stattdessen völlig ruhig. „Möglicherweise kann sie sich aber nicht mehr an den Überfall erinnern."

Georg nickte. Er wusste, dass solche Folgen bei heftigen Schlägen auf den Kopf eintreten konnten.

Im Augenblick zuckte Maja sogar zusammen, wenn er ihr Gesicht streicheln wollte. Traurig verließ er ihre Kammer.

„Immer noch nicht besser?", fragte Urs mitleidig und bekam ein verzweifeltes Kopfschütteln als Antwort.

„Vielleicht vergisst sie ja das Ziel der Reise", wagte Fabian, zu sagen.

Georg blies die Wangen auf. „Wenn ich alles glaube, aber das nicht!"

Am vierten Morgen rappelte sich Maja zum ersten Mal auf, ohne sich übergeben zu müssen. Sie aß sogar ein gekochtes Ei.

Am fünften Tag stand sie auf und folgte dem Geräusch der Axt, das seit Tagen ertönte. Mit großen Augen schaute sie zu, wie Georg die Stämme malträtierte und Fabian flitzen musste, damit der Haufen Scheite nicht den Hackstock überragte.

Georg unterbrach seine Arbeit, haute für Maja einen Stumpf als Sitz zurecht, blinzelte ihr zu und stürzte sich wieder in den Kampf mit dem Holz.

„Ach, schau an, Herr Maximilian ist endlich auf dem Weg der Besserung!" Der bärenstarke Urs, nahte mit einem Fass auf der Schulter.

Er macht seinem Namen wirklich alle Ehre, dachte Maja erstaunt. Laut sagte sie: „Ja, es wird langsam wieder."

„Ihr scheint bei Eurem Ritter in wirklich hoher Gunst zu stehen, wenn er solches auf sich nimmt", schmunzelte er, mit dem Kopf zu Georg deutend.

Maximilian bejahte ganz verschämt. „Ich werde versuchen, es wiedergutzumachen."

In der folgenden Woche, Maja konnte schon wieder reiten, ohne sofort Kopfschmerzen zu bekommen, packten sie zusammen, um die nächste Etappe in Angriff zu nehmen. Urs gab ihnen reichlich Proviant mit auf die Reise, denn Georgs Leistungen hatten ihm wirklich imponiert. Ein Adliger, der sich nicht zu schade war, Arbeiten des einfachen Volkes zu verrichten, hatte seinen vollen Respekt verdient. Entsprechend herzlich war der Abschied. Auch hier war die Bitte, irgendwann wieder vorbeizukommen, nicht einfach nur dahingesagt.

„Ach, meine Herren", rief ihnen Urs noch nach, „meidet Pavia! Dort ist es nicht geheuer!" Dass er die Machtkämpfe der letzten Wochen meinte, war offensichtlich.

„Wollten wir das nicht sowieso tun?", blinzelte Georg zu Maja hinüber.

„Richtig. Essen haben wir genug und Wasser gibt es im Fluss", schmunzelte sie.

Wobei das ja nur als Notfalllösung galt, wenn absolut kein Bach zu finden war. Seit Maja den Männern genau erklärt hatte, wie man das Flusswasser auch für Menschen genießbar machen konnte, nämlich, indem man es abkochte, hatten sie auch keinen Durchfall mehr bekommen.

Ihr Vortrag über den Kreislauf des Wassers und dessen Verunreinigung durch allerlei Abfälle, hatte nicht nur Fabian interessiert. Sie begriffen erst da, was für geniale Meister schon die alten Römer gewesen waren, die sowohl Aquädukte als auch ausgeklügelte Abwassersysteme bauten. Als sie das nächste Mal auf die Überreste solcher Anlagen trafen, standen die Männer und staunten andächtig.

Um Maja nicht zu überanstrengen, machten sie jeweils nach zwei Stunden eine kurze Pause. Pavia widmeten sie einen Blick aus der Ferne, während sie eilig weiterzogen. Urs war nicht der Letzte gewesen, der sie gewarnt hatte. So suchten sie auch noch vor dem Sonnenuntergang nach einer Bleibe, wobei sie immer ländliche Gehöfte favorisierten. Sie brauchten fast vier Tag bis Savona, kamen aber umso entspannter an.

„Was wisst Ihr über die Stadt?", fragte Georg, als die Silhouette am Horizont auftauchte.

„Nicht viel", gab Maja zu. „Zu Zeiten der alten Römer war sie völlig unbedeutend. Sie wird erst im nächsten Jahrhundert von sich Reden machen."

„Euer Tonfall klingt unheilvoll", bemerkte Fabian, sie fragend musternd.

„Die Genueser werden den Hafen zerstören", flüsterte Maja, weil Fremde in der Nähe waren.

„Was das für eine solch eine Stadt bedeutet, muss ich sicher nicht erklären."

„Nein, das kann ich mir auch so vorstellen", gab er leise zurück. Majas Wissen jagte ihm immer wieder kalte Schauer über den Rücken.

Zwangspause im Fort

Beide Männer sahen heute zum ersten Mal in ihrem Leben ein Meer. Maja nahm es ihnen nicht übel, dass sie zwei Tage hier verweilen wollten. Sie saßen stundenlang am Hafen, beobachteten die Schiffe, die mit geblähten Segeln ihre Bahn zogen, oder anlegten und entladen wurden.

„Ihr habt uns nicht zu viel versprochen. Es wundert mich nicht mehr, wie Ihr vom Meer schwärmt", gab Ritter Georg zu. „Es ist beeindruckend. Ich freue mich darauf, zu sehen, wie sich Berge und Meer treffen. Es muss einfach grandios sein."

Bald schon begriffen die Männer Majas Worte, dass der Ritt nun beschwerlich werden würde. Insgeheim wünschte sich Georg, man hätte schon die vielen Tunnel, von denen sie gesprochen hatte. Er wollte aber auch kein Wort davon hören, auf einem Schiff zu reisen. Nicht nur, weil das ein empfindliches Loch in seine Barschaften gerissen hätte.

Zwar nahm Fabian regelmäßig Geld ein, wenn er unterwegs mit seinen Heilkünsten brillierte, und stellte dieses Geld für alle zur Verfügung, aber keiner wusste, was die Reise noch bringen werde. Die Waffen und Kampfkünste der beiden anderen sorgten auch für seine Sicherheit. Auch war er

Georg sehr dankbar, der das Holzhacken übernommen hatte, obwohl er es Fabian durchaus hätte befehlen können. Was ihm Maja alles beibrachte, war ohnehin nicht mit Geld zu bezahlen.

„Wir richten uns ein Lager ein", hörte er Georg sagen und hielt sein Pferd an. „Hier?", fragte er erstaunt, denn der schmale Weg führte noch immer am Hang entlang.

„Ich habe keine Lust, in der Dunkelheit von den Klippen zu stürzen", sagte Georg, sein und Majas Pferd festbindend. „Ich weiß auch nicht, wie viele Meilen es noch bis zu einer Ortschaft sind. Da oben plätschert ein kleines Bächlein, der Weg ist breit genug, um gefahrlos schlafen zu können. Notfalls sichern wir uns mit einem Seil."

„Feuer brauchen wir nicht unbedingt", stellte Maja fest. „Braten schmeckt auch kalt. Dass sich hier große Raubtiere herumtreiben, glaube ich nicht."

„Und wenn, dann werde ich sie schon vertreiben", versprach Georg. „Euer Brauner wird mich schon rechtzeitig wecken."

Am Ende lagen alle ewig wach, betrachteten den samtschwarzen Himmel, an dem unzählige Sterne glänzten, lauschten dem Rauschen der Brandung und ließen die letzten Tage noch einmal vorüberziehen.

„Ihr wollt also direkt zum Doria-Schloss?", vergewisserte sich Georg noch einmal.

„Nein. Nicht unbedingt. Das Tor öffnete sich im Terra, in den verwinkelten Gässchen unterhalb der Burg. Genau genommen, schon auf oder direkt hinter der Ponte Vecchio", stellte sie klar. „Diese Brücke müsste in diesem Jahrhundert erst ganz neu gebaut worden sein, wenn ich da nichts verwechsle."

„Und die Burg?"

„Ist in ihren Ursprüngen uralt", erinnerte sich Maja. „Im 12. Jahrhundert wurde sie zum ersten Mal urkundlich erwähnt. Oder sagen wir mal so, das sind die ältesten bis ins 21. Jahrhundert erhalten Dokumente. Sie soll auf den Resten römischer Ruinen erbaut worden sein, wie so viele andere Burgen. Sie könnte einem Mann namens Dulcius gehört haben. Von da war später nur ein kurzer Weg zum Namen Dolceacqua, obwohl das ja eigentlich *süßes Wasser* heißt."

Georg fragte nicht weiter, obwohl es ihn brennend interessierte, was Maja in diesem Zeitentor erlebt hatte. Jedes Mal wenn er das Thema ansprach, verschloss sich Maja sofort wie eine Auster. Mit dem Erzherzog schienen die Erlebnisse nicht zusammenzuhängen, denn über den hatte Maja ziemlich freimütig erzählt. Ganz sicher steckte ein Mann hinter der Sache und Georg gestand sich ein, immer eifersüchtiger zu werden.

Gleichzeitig heizte das seine Fantasie und seine Neugier an. Er wollte unbedingt den Ort sehen, der Maja so viel bedeutete. Wenn er dann noch herausbekäme, was es mit der Geheimniskrämerei auf sich hatte, würde der lange Ritt auch für ihn die Krönung erhalten.

Ein unheilvolles Grollen in der Ferne ließ alle drei lauschen.

Maja richtete sich auf. „Kanonendonner?"

„Meint Ihr?" Georg versuchte, die genaue Richtung zu bestimmen. „Wer geht denn mitten in der Nacht aufeinander los?"

„Piraten?" Maja war ratlos.

„Wer???" Georg verstand nicht.

„Seeräuber. Vielleicht versenken die gerade ein Schiff oder werden versenkt. Wobei die Zeit wirklich ungewöhnlich wäre."

„Oh, oh! Das sieht nicht nach einer Schlacht aus!", rief Fabian. Er hatte in eine völlig andere Richtung geschaut und deutlich Gewitterblitze erkannt.

„Und nun?"

„Müssen wir es über uns ergehen lassen und hoffen, dass die Pferde nicht durchgehen", brummte Georg.

Es rumpelte wieder.

„Kommt es näher?", fragte Maja ängstlich.

Fabian beobachtete argwöhnisch den Himmel. „Es scheint auf dem Land vorbeizuziehen."

„Meine Nerven!", stöhnte Maja. „Kann nicht mal ein einziger Tag ohne Aufregung enden?"

„Tun es die Tage denn in Eurer Zeit?", amüsierte sich Georg, weil Maja oft genug von der Hektik im Alltag erzählt hatte.

„Hin und wieder", schmunzelte sie.

Fabian wandte seinen Blick etwas beruhigter vom Himmel ab. „Wie heißt eigentlich der nächste Ort?"

„Vado Ligure", kramte Maja aus ihrem Gedächtnis hervor. „Wir hätten ihn schon längst erreichen müssen. Möglicherweise war es ein Fehler, hier oben statt direkt am Ufer zu reiten."

„Was gibt es dort Interessantes?", fragte Georg.

„Das weiß ich nicht. Ich habe den Ort nie gesehen. Der Bus fuhr ja durch irgendwelche Tunnel und ich habe mir fast den Hals ausgerenkt, wenn hin und wieder ein kleiner Blick auf das Meer zu erhaschen war. Ich habe nur irgendwo gelesen, dass die alten Römer den Ort Vada Sabatia nannten." Maja zog sich die Decke fester um die Schultern.

„Ihr friert", stellte Georg im Tonfall einer Frage fest.

„Nicht nur das, ich habe auch furchtbare Kopfschmerzen."

Fabian horchte auf. „Soll ich Euch einen heißen Kräutertrank bereiten?"

„Ach, Meister Fabian, ein heißes Bad wäre mir wohl lieber", seufzte sie.

Augenblicke später war sie eingeschlafen.

„Ich mache mir Sorgen", sagte Fabian.

Georg blies die Luft geräuschvoll aus. „Fragt mich mal! Diese Frau treibt mich noch in den Wahnsinn! Ich weiß genau, sie wird mein Verderben sein. Trotzdem kann ich ihr kaum eine Bitte abschlagen. Auch werde ich immer neugieriger auf den Mann, wegen dem sie all das hier auf sich nimmt. Denn mit Flucht vor dem Erzherzog hat das nichts, aber auch gar nichts mehr zu tun. Wer ist er? Ein König? Ein Kaiser?" Georg schlug wütend mit der Faust in die offene Hand. „Was hat er, was ich nicht habe?"

„Ein Auto, einen Bus ... oder mehrere ..." Fabian versuchte, sich an die Bezeichnungen all der Dinge zu erinnern, von denen Maja so oft sprach.

„Treibt mich nicht zur Weißglut!", grollte Georg.

Nur gut dass er Fabians hämisches Grinsen im Dunkel der Nacht nicht sehen konnte, sonst hätte er sicher seine ritterliche Contenance verloren.

„Schlaft gut, Ritter Georg", wünschte Fabian und gähnte herzhaft.

Georg lag noch lange wach. Er grübelte, ob Maja wirklich wegen eines Mannes in ihre Zeit zurückwollte und wenn ja, wie der wohl aussehen und situiert sein mochte. Dass es da auch noch einen Ehemann und eine Familie gab, konnte er nicht wissen, denn davon hatte Maja nie gesprochen. Er hatte auch völlig verdrängt, dass die Rede davon gewesen war, dass Maja in ihrer Zeit viel älter war, als sie hier erschien.

Ich hasse es, eifersüchtig zu sein, war sein letzter Gedanke, ehe er einschlief.

Der Morgen begann mit unangenehmem Nieselregen. Nebel hing über dem Meer und dämpfte das Rauschen der Brandung.

Mit den Worten: „Wir müssen weiter!", trieb Georg Maja und Fabian zur Eile. Er hatte bemerkt, wie der Nebel immer zäher wurde und auch stetig weiter den Hang hinauf kroch.

Maja fror noch immer, wie am vergangenen Abend. Sie fühlte sich elend.

„Herr, Maja geht es wirklich schlecht. Seht nur den fiebrigen Glanz ihrer Augen!", mahnte Fabian.

„Umso schneller sollten wir bewohntes Gebiet finden!" Georg half Maja in den Sattel, die kaum noch die Kraft hatte, sich hinaufzuziehen. Sie ließen die Pferde im Schritt gehen. Nach einer Stunde tauchten Mauern genau vor ihnen auf.

„Was ist das?", murmelte Georg überrascht.

„Das könnte Capo di Vado sein oder sein Vorgänger", staunte Maja. „Das ist eine Festung, die immer wieder umgebaut oder auch mal abgerissen worden ist. In meiner Zeit heißt sie Forte San Giacomo, aber vorher nannte man sie auch schon Fort San Lorenzo. Hoffentlich ist man uns hier wohlgesonnen. Ich kann mich kaum noch im Sattel halten."

„Ich stelle Euch als Dame vor", erklärte Georg leise. „Vielleicht hilft man Euch dann besser und schneller."

„Tut, was Ihr für richtig haltet. Ich kann mich nicht mehr konzentrieren." Maja kämpfte gegen Schwindel und Sehstörungen an.

Georg hieß die beiden warten und ritt allein auf die kleine Festung zu. Zwei Torwachen kamen ihm entgegen, denn man hatte sie schon lange beobachtet.

Georg grüßte, stellte sich vor und bat um Hilfe für die Dame Maja von Sebnitz, deren Leibarzt auf dringende Bettruhe für die Kranke bestand. Nur habe man sich im Nebel verirrt und wisse sich keinen Rat mehr.

Einer der Männer eilte davon, um mit dem Kommandanten zu sprechen. Man winkte sie schließlich herein, denn ein einzelner Ritter konnte kaum das Fort gefährden.

Maja kippte fast vom Pferd und ihre beiden Begleiter mussten gemeinsam zufassen, um sie gefahrlos auf den Boden zu bekommen.

Den Blicken der Festungsbesatzung war anzusehen, dass sie sich keinen Reim auf die drei Fremden machen konnten und so berichtete Georg, was sich bei dem Überfall vor ein paar Tagen

abgespielt hatte, worauf man sofort eine Schlaf-
kammer für die Kranke bereitete.

„Auf Grund der politischen Wirren in diesem
Land trägt sie lieber Männerkleidung, um sicherer
reisen zu können. Aber dies ist nicht nur Tarnung.
Sie ist eine begnadete Kämpferin mit Kurzschwert
und Dolch", fügte der Ritter noch erklärend hinzu.

Fabian war bei Maja in der Kammer geblieben
und versuchte herauszufinden, wie er ihr helfen
könne. Ein Teil der Probleme stammte noch von
der Kopfverletzung, der andere von einer heftigen
Erkältung, die sie sich zugezogen hatte – zusammen eine wirklich schlimme Mischung, die einen
Weiterritt in den nächsten Tagen völlig unmöglich
machte.

Fabian schüttete unbemerkt ein Schlafmittel in
Majas Becher, damit sie auch wirklich zur Ruhe
kommen konnte. Dann deckte er sie zu, denn
mehr als eine Schwitzpackung konnte er ihr jetzt
nicht angedeihen lassen. Schließlich ging er zu
Georg und den hiesigen Männern hinein. Sofort
schauten ihn alle fragend an.

„Sie braucht Ruhe und heute Abend am besten
ein heißes Bad. Ich befürchte, dass ihr sonst die
Anstrengungen der Reise das Leben nehmen."

Georg wurde blass und versuchte, in Fabians
Augen zu lesen. Aber dort sah er genau das Gleiche. Es stand nicht gut um die quirlige Frau aus
einer anderen Zeit, die er zutiefst liebte.

„Ich wünschte, ich hätte bessere Nachrichten für Euch", murmelte Fabian, sich mit an den Tisch setzend.

„Wir hatten letztens auch erst wieder ein Scharmützel", erzählte der Kommandant, ohne sich darüber auszulassen, unter wessen Protektorat das Fort eigentlich stand. Die Gäste waren schließlich nur auf der Durchreise in niemandes Auftrag und so ging sie das auch nichts an. „Ich habe fünf Verletzte, deren Wunden nicht heilen wollen."

„Ich werde sie mir ansehen", sagte Fabian sofort. Eine bessere Chance auf ein langes Bleiberecht konnte es doch gar nicht geben. Zumal am Ende keiner sagen konnte, sie hätten ohne Gegenleistung auf Kosten des Forts gelebt.

Als es um die Pflege von Maja ging, wischte Georg alle Zweifel vom Tisch, indem er erklärte, dass das ganz allein seine Aufgabe sei. „Ich habe es zu verantworten, wenn ihr irgendetwas geschieht. Ich stehe mit meinem Leben für sie."

Die erste Nacht im Fort verlief ruhig, denn das Schlafmittel wirkte zuverlässig.

„Was habt Ihr denn da hinein gemixt?", wollte Georg wissen.

„Zunftgeheimnis, mein Herr", flüsterte Fabian.

„Na gut, Ihr wisst ja, dass es Euch bei mir nicht anders gehen würde, als beim Erzherzog, solltet Ihr bei Majas Heilung versagen."

Fabian atmete tief durch. „Auch Euch kann ich nur das Gleiche erwidern wie ihm: Ich bin kein Zauberer. Aber ich werde alles tun, was irgendwie in meiner Macht steht. Wenn sie sich selber aufgibt, dann kann auch ich nichts machen."

Während Fabian bei den verletzten Soldaten eitrige Schusswunden versorgte, schlief Maja fast rund um die Uhr.

Georg verbrachte die Zeit meist beim Kommandanten und ließ sich in die Geheimnisse der Feuerwaffen einweihen, die es noch nicht allzu lange gab.

„Mit Eurem Brustharnisch hättet Ihr keine große Chance gegen einen Schuss aus solch einem Ding", verriet ihm der Herr über die Festung. „Was glaubt Ihr wohl, wie entsetzt meine Männer waren? Bis dahin haben wir mit diesem Teufelszeug nichts zu tun gehabt. Ich glaube sogar, das ist das Ende jeglicher Ritterlichkeit."

Georg konnte nicht umhin, zuzustimmen. Er hatte sich die Einschusslöcher in den Brustpanzerungen angesehen, die Grate befühlt und die Wunden zusammen mit Fabian begutachtet.

Teufelszeug. Der Kommandant hatte recht.

Ein Zweikampf damit hatte nichts mehr mit Kraft und Kampfgeschick zu tun. Draufhalten und Abdrücken, das war alles.

Das Ende der Ritterlichkeit … Maja hatte auch erzählt, dass das Rittertum lange vor ihrer Zeit verschwunden war …

Georg verbrachte eine unruhige Nacht an ihrer Seite. Immer wieder schreckte er aus unbestimmbaren Träumen auf, die er, kaum dass er wach war, schon wieder vergessen hatte.

„Ihr werdet doch nicht etwa auch krank werden?!", rief Fabian am Morgen, als Georg blass und mit unübersehbaren dunklen Augenringen am Frühstückstisch erschien.

„Nein, nein. Ich sorge mich nur um Maja", redete der sich geschickt heraus.

Noch mehr Sorgen, aber nicht um sie, sondern wegen ihr, machte er sich, als sie das erste Mal das Bett verließ. Sie erschien, da er sie ja als Dame geoutet hatte, in einem ihrer Lieblingskleider, mit dezentem, aber auf den ersten Blick sündhaft teurem Schmuck und hinreißendem Lächeln.

Der Festungskommandant bekam große Augen, sprang mit einem Satz auf, um ihr entgegenzugehen, ihr äußerst charmant den Arm zu bieten und sie zum bequemsten Platz zu führen, wo er ihr den Stuhl zurechtrückte. Er überschüttete sie beinahe mit Komplimenten, worauf sich auch die anderen Offiziere in geistreichen Bemerkungen ergingen.

Schließlich warf sogar Fabian Georg einen hilflosen Blick zu. „Ihr hättet ihm sagen sollen, dass sie Eure Geliebte ist", wisperte er kaum hörbar.

Georg schluckte. Es wäre wohl wirklich besser gewesen, denn in just diesem Augenblick bot Kommandant Tozzi Maja einen kurzen Spaziergang über die Wehrgänge an und sie sagte lächelnd zu. Georg schaute buchstäblich mit langem Gesicht hinterher. Er sah aber auch, dass Maja noch gar nicht in der Lage war, lange Wege zu gehen, und gleich an der ersten Mauer stehenblieb, um Sonne, Wind und den salzigen Hauch des Meeres zu spüren.

Nach wenigen Minuten kamen sie zurück, wobei Maja sehr angestrengt wirkte. Sie entschuldigte sich auch mit Unpässlichkeiten und verschwand, gefolgt von Fabian, in ihrem Bett.

„Ihr müsst es langsam angehen", mahnte er auch sofort, um gleich danach zu fragen, was es für Probleme gäbe.

„Ich bekomme kaum Luft und schwindlig ist mir auch", klagte sie. „Nasenspray ist leider noch nicht erfunden."

„Aber Ihr könntet heißen Kräuterdunst inhalieren", schlug der Medicus vor.

Nach einigem Sträuben willigte Maja schließlich ein und steckte folgsam den Kopf unter das Tuch mit der Schüssel. Das anfängliche unleidliche Gegrummel, wie „Quacksalber, Kurpfuscher, Rosstäuscher und Scharlatan", wich langsam einem zufriedenen Durchatmen. Fabian musste schmunzeln, immerhin hatte diese Methode auch in Majas Zeit noch ihre Berechtigung, wie er aus ihrem eigenen Mund wusste.

Als er die Inhalationsutensilien später hinaustrug, fragte Georg grinsend: „Na, wie hat sie Euch heute tituliert?"

Fabian zählte amüsiert auf.

„Der Kurpfuscher ist neu", lachte Georg. „Sie ist wirklich eine Wildkatze!"

„Aber eindeutig auf dem Weg der Besserung." Fabian trollte sich feixend. Er konnte es Maja einfach nicht übelnehmen, dafür verehrte er sie viel zu sehr.

Ein anderer schien die hübsche Besucherin auch zu verehren – Tozzi, der beim Abendessen vergeblich auf sie wartete und sich mehrmals bei ihrem Leibarzt Fabian erkundigte, ob auch wirklich alles in Ordnung sei.

„Sagt es ihm endlich!", forderte Fabian beim Zubettgehen von Georg, der nur halbherzig nickte und meinte: „Sie will nach Dolceacqua, davon wird sie auch ein liebestoller Festungskommandant nicht abbringen."

„Ich habe Euch gewarnt und wasche mich in Unschuld, sollte das Spiel anders ausgehen!" Fabian wickelte sich grußlos in seine Decke. War Georg etwa im Begriff, Maja loszulassen? Oder sah er sich so klar im Vorteil, dass er Tozzi das harmlose Vergnügen gönnte? Fragen über Fragen!

Zwei Tage später erneut auf Tozzi angesprochen, reagierte Georg noch immer ganz gelassen. „Meint Ihr nicht, Meister Fabian, dass uns auch ein paar ruhige Tage guttun? Hier weiß man zudem Eure Kunst zu schätzen."

Fabian seufzte. „Im Augenblick kann ich Maja sehr gut verstehen. Ich weiß doch auch nicht, was ich wirklich will. Manchmal möchte ich an einem Ort wie diesem sesshaft werden. Im nächsten Augenblick reizt mich die Reise aber sehr viel mehr, denn ich weiß, ich werde nie wieder so viel sehen und erfahren. Was glaubt Ihr wohl, was sie den Menschen über uns und unsere Zeit erzählen wird, sollte sie wirklich das verborgene Tor finden? Es wird grandios sein, was sie zu sagen hat. Sie werden genau so mit Staunen lesen oder zuhören wie wir, wenn sie über dieses ferne 21. Jahrhundert spricht."

„Mir wäre es trotzdem lieber, sie bliebe bei mir und spräche über ihr Jahrhundert", murmelte Georg.

Maja kam mit Tozzi von einem Spaziergang am Strand zurück, wo sie verschiedene Muschelschalen gesammelt hatte. Sie legte sie auf dem Mauersims in eine Reihe, um sie genauer zu betrachten. Hin und wieder ließ sie ihre Fingerspitzen ganz langsam über die rotbraun-beige geflammten Rippen gleiten, schloss die Augen, als wolle sie sie intensiver fühlen.

Der Kommandant schaute sie nachdenklich an. Sicher hatte er irgendwas falsch gemacht. Jedes Mal, wenn er versucht hatte, mehr über sie zu erfahren, hatte sie gemauert und schließlich gebeten, zurückzugehen. Wie sie einige Dinge unterwegs betrachtet hatte, zeigte deutlich, dass sie sie nicht zum ersten Mal sah. Auch zu ihrem Begleiter und dem Leibarzt bekam er keine Antworten, egal wie er die Worte setzte.

Aus einem Impuls heraus fragte er plötzlich: „Wie steht Ihr zu Ritter Georg oder er zu Euch?"

Maja öffnete die Lider, schaute Tozzi fest in die Augen und sagte: „Ich bin seine Geliebte."

Tozzi wurde blass. „Verzeiht mir, wenn ich Euch mit meiner Nähe in Bedrängnis bringe."

Maja nickte kaum merklich. „Ritter Georg weiß, dass ich ihn nie aus freien Stücken enttäuschen würde."

Sie hatten nicht bemerkt, dass Georg und Fabian auf der anderen Seite der Mauer standen und jedes Wort hören konnten. Und während Georg hätte die ganze Welt umarmen mögen, wurde Tozzi immer unbehaglicher zumute. Er hatte ziemlich offen versucht, der hübschen Dame den Hof zu machen. Nun verstand er allerdings, warum es nicht funktionierte, und auch, weshalb ihn der Ritter nicht in die Schranken gewiesen hatte. Georg und der Medicus machten sich rasch davon.

Augenblick später trat Maja herein, ihren Muschelschatz in einem Säckchen. „Habe unglaublich viele Fundstücke vom Strand mitgebracht!"

„Wirklich?" Georg und Fabian schauten neugierig auf.

Sie breitete Muschelschalen, Meeresschneckenhäuschen und wunderschön gemusterte Steinchen aus, die Wind und Wellen glattgeschliffen hatten. Zu einigen Sammelobjekten erzählte sie kurze Begebenheiten aus ihrem anderen Leben.

Georg begann zu lachen. „Tozzi war wohl heute nicht sehr mitteilsam?"

„Ach hört auf! Ich wollte eigentlich die Ruhe am Strand genießen, stattdessen textet er mich mit versteckten Fragen zu! Ich habe weder Lust, über mich noch über Euch zu erzählen. Und warum ich mich über meine Muscheln so gefreut habe, das kann und will ich ihm erst recht nicht verraten. Es wird wohl Zeit, wieder aufzubrechen."

„Fühlt Ihr Euch denn wieder voll bei Kräften?", fragten beide Männer zugleich.

Maja zog ein leidendes Gesicht. „Eben nicht, und genau da liegt das Problem."

„Dann bleiben wir noch eine Woche", schlug Georg vor.

Maja rieb sich die Nasenspitze. „Aber keinen Tag länger!"

Als sie am nächsten Morgen zum Strand aufbrach, ließ sich Tozzi mit dringenden Geschäften entschuldigen und Georg bot sich an, sie zu begleiten.

„Stehen etwa kriegerische Auseinandersetzungen an?", murmelte Georg, den Naiven spielend.

„Bestimmt nicht", schmunzelte Maja. „Ich konnte es mir gestern nicht verkneifen, ihm auf den Kopf zu, die freundliche Mitteilung zu machen, dass ich Eure Geliebte bin. Ich schätze, das ist das Ergebnis." Sie hängte sich in seinen Arm ein und lächelte amüsiert vor sich hin.

„Ihr habt Mut, meine Liebe!"

„Zumindest glaubt er jetzt, dass das mein ganzes Geheimnis war."

Bei diesem und den folgenden Spaziergängen unter Georgs Fittichen erholte sich Maja schnell. Ohne die Furcht, sich durch ein falsches Wort zu verraten, blühte sie deutlich sichtbar auf. Und genau zum abgesprochenen Termin sattelten sie ihre Pferde und zogen davon.

Berge & Meer

Der zeitige Aufbruch und die frühherbstlichen Temperaturen hatten Maja tief in ihren Reisesack greifen lassen. Sie trug einen dicken gesteppten Gambeson unter dem Kettenhemd. Zwar wurde es hier nie so kalt, wie in den Tiroler Bergen, aber Maja fror nun mal schneller als die Männer. Trotz allem trug sie ein behagliches Lächeln zur Schau.

„Noch irgendwelche Wünsche?", fragte Georg schmunzelnd.

„Ja, einen ganz heftigen! Eine heiße Nacht mit Euch, sonst werde ich depressiv!"

Georg leckte sich genüsslich die Lippen. „Sobald sich die erste Gelegenheit bietet, meine Geliebte."

„Welcher Ort war gleich noch mal unser nächstes Ziel?", meldete sich Fabian.

„Andora, an der Riviera di Ponente, das wir heute gut erreichen sollten, um genügend Zeit zu haben, ein passendes Nachtlager zu finden", antwortete Maja. „Fragt mich jetzt aber bitte nicht, was diesen Ort auszeichnet! Als ich dort war, gab es Hotelburgen, Strände, an die man nur gegen Geld gehen konnte, und fantastisches Eis. Es war für mich nur der Punkt, von dem aus alle Bustouren in die Umgebung starteten und wo ich sehr komfortabel schlafen konnte."

„Donna Maja weiß etwas nicht? Das ich das noch erleben darf!", rief Georg lachend.

Maja grinste burschikos. „Sicher ist nur, dass es Berge und Meer gibt, damals wie heute. Aber ob zwischen den Bergen auch Häuser stehen? Keine Ahnung!"

Fabian schaute sie von der Seite an. „Warum glaube ich bloß, dass Ihr uns veralbert?"

Georg machte große Augen. „Meint Ihr?"

„Ganz sicher", erwiderte der Medicus, um Maja aus der Reserve zu locken.

„Na gut, Ihr gebt ja doch nicht eher Ruhe, bis Ihr mir den letzten Satz abgetrotzt habt! Das ganze Gebiet kannten schon die alten Römer und haben fleißig die Straßen gebaut, auf denen wir bis jetzt schon ziemlich oft geritten sind. Etwas weiter von der Küste weg liegt Testico, das damals Castrum geheißen haben soll. Es gehört zum Besitz der Familie Doria."

Georg zog die Augenbrauen zusammen. Die Nennung dieser Familie bereitete ihm Kopfschmerzen.

„Auf dem Berg Arosio haben die Doria ein Castell errichten lassen", fügte Maja noch hinzu. „In meiner Zeit gibt es nur noch einige Reste der Ruine."

Doria, Doria und immer wieder Doria! Georg presste die Lippen zusammen. Der Ton, in dem Maja dieses Wort aussprach, klang so nach Verehrung, dass der Ritter wieder diese unbestimmte Eifersucht aufsteigen fühlte.

Andererseits schien es Maja nicht wirklich eilig zu haben, das Doria-Schloss, das Ziel ihrer Reise, zu erreichen. Die Mittagsrast am Strand dehnte sie auf fast drei Stunden aus und sprach davon, das nächstbeste Gehöft als Übernachtungsort ins Auge zu fassen.

Georg stimmte zu und nutzte die Zeit, selber etwas näher in Augenschein zu nehmen – die gigantischen Opuntien und Agaven, welche über-reichlich die Berghänge bedeckten. Maja hatte ihnen gezeigt, wie man gefahrlos die stacheligen Früchte der Kakteen ernten und rasieren konnte, wie sie es scherzhaft nannte. So sammelte er ein, was schon reif war, um es ihr zu bringen.

„Hmmm, ich liebe Kaktusfeigen!", schwärmte Maja, während Fabian nur den Kopf schüttelte. Ihm waren die stacheligen Biester nach wie vor nicht geheuer, obwohl sie wirklich gut schmeck-ten.

Maja entdeckte am Nachmittag sogar einige Aloe Vera Pflanzen. „Ach schau an! Ich dachte immer, die seien erst viel später zugewandert! Meister Fabian, dieses Wundermittel solltet Ihr kennen, wenn Ihr hier als Heiler Erfolg haben wollt!"

„Schon wieder Stachelzeug!“, rief der Medicus erschreckt, als er einen kurzen Blick auf das Grünzeug geworfen hatte.

„Aber welches, das es wirklich in sich hat“, lachte Maja. „Ein regelrechtes Universalheilmittel. Man kann es bei Verbrennungen und allerlei Hautbeschwerden einsetzen. Ihr müsst nur darauf achten, den gelblichen Saft abtropfen zu lassen, wenn Ihr es abgeschnitten habt, um es dann gefahrlos gleich pur aufzutragen. Nämlich so!“ Sie demonstrierte an einem Blatt, was sie meinte, schnitt es zuletzt längs auf und rieb sich das ganze Gesicht damit ein. „Oh, das tut gut“, seufzte sie verzückt, als sie mit den Fingerspitzen die Feuchtigkeit fein verteilte.

Georg hob schnuppernd die Nase. „Riecht nicht übel.“ Er berührte Majas Wange. „Und die Haut fühlt sich seidig an.“

Fabian nahm das Blatt entgegen, betastete es von allen Seiten und strich es über seine Hände. „Unfassbar“, murmelte er, als sich die raue Haut wie durch einen Zauber glättete. „Die Kühle dieses Mittelchens ist recht angenehm. Kann mir gut vorstellen, wie wertvoll es ist, wenn man sich eine Brandwunde zugezogen hat. Frau Maja, Euer Wissen ist immer wieder beneidenswert!“

„Pssst!“, machte Georg, angestrengt in Richtung des Hanges lauschend. „Ich höre Stimmen.“

„Den Blättern nach ein Olivenhain", stellte Maja fest. „Lasst uns hin reiten. Die Ölmüller waren bisher immer freundliche Leute."

Auch hier ließ man den Reisenden sofort Gastfreundschaft angedeihen. Erst recht, als einer der Einheimischen die silberne Plakette am Zaumzeug von Majas Braunem erspähte. Wie sich herausstellte, stammte er aus Cremona und war auf Wanderschaft in den malerischen Bergen Liguriens schließlich sesshaft geworden.

„Das Stadtleben ist nichts für mich", erklärte er lächelnd. „Zu viele Menschen auf zu kleinem Raum."

Maja schmunzelte in sich hinein. *Was würde er wohl sagen, wenn es ihn nach Singapur oder New York verschlüge? Berlin würde ja schon reichen!* „Liguriens Küstenregion ist traumhaft schön", gab sie gerne zu. Georg und Fabian kamen nicht umhin, dies zu bestätigen. Auch das milde Klima beeindruckte beide sehr, kannten sie bis dato nur Herbst und Winter im Hochgebirge, mit geradezu eisigen Temperaturen.

Zu Ehren der Gäste gab es Focaccia, jenes Fladenbrot aus Hefeteig, von welchem Maja schon unterwegs immer geschwärmt hatte. Die Frau des Hauses bereitete zwei Sorten. Eine, die vor dem Backen mit Olivenöl, verschiedenen Kräutern und Salz versehen war und die andere, nur mit Öl und Rosmarin, überbuk sie mit Käse.

Sie freute sich riesig, dass Maximilian, der ein Gourmet zu sein schien, alle Zutaten herausschmecken und benennen konnte. Ein leichter Wein rundete den Geschmack vollendet ab. Der Hausherr gab lachend Bescheid, dass er diesen vom Weinberg der Doria bezog, denn selber habe er weder Zeit noch Lust, sich mit der Kelterei zu befasst. „Es genügt mir schon, dass ich einer der bevorzugten Olivenöllieferanten für das Schloss bin, obwohl es dort in direkter Nähe genügend Ölmühlen gibt."

„Ich habe davon gehört", warf Maximilian ein. „Eine sehr gute soll in Isolabona sein."

„Oh, das ist leider wahr! Mein schärfster Konkurrent und viel näher als wir am Schloss, nur schmecken seine Öle anders und so haben wir beide unser Auskommen. Wenn Ihr von ihm gehört habt, dann wundert mich das nicht. Umso stolzer bin ich aber, dass Ihr heute bei mir Quartier genommen habt." Er goss noch einmal die Weinbecher randvoll.

Diesmal hatte Fabian etwas mehr getrunken, als ihm zuträglich gewesen wäre. Er schlummerte ein, kaum dass er die Schlafstatt erreichte.

„Perfekt", flüsterte Georg, Maja all die Liebe gebend, die sie in den letzten Tagen schmerzlich vermisst hatte. Seine streichelnden Hände huschten über ihren Rücken, als sie, statt im Bett, das verräterisch knarrte, lieber auf dem soliden Schemel ihre Lust stillten.

Mit dem ersten Morgenlicht brachen sie nach Imperia auf. Natürlich versprachen sie gern, sowohl im Schloss der Doria als auch in Isolabona, sollten sie bis dahin kommen, Grüße auszurichten.

Weil die Männer schon darauf warteten, gab Maja ein paar Informationen über das nächste Ziel zum Besten. „In meiner Zeit ist Imperia eine Stadt mit vielen Stadtteilen, die in Eurer Zeit wohl noch viele kleine einzelne Orte sein werden. Wir müssen ein Stück auf der Via Aurelia reiten", verriet sie ihnen. „Ich weiß, dass es Euch wieder maßlos ärgern wird, den Namen zu hören, mein lieber Ritter Georg, aber zu Beginn des Jahres 1298 haben die Bischöfe von Albenga den Oneglia genannten Teil der Stadt an die Genuesen Nicolò und Federico Doria verkauft."

Georg schnaufte. „Ich gewöhne mich langsam daran, zumal wir uns ja auf dem Hoheitsgebiet der Doria befinden. Ich habe nicht vor, aus Unbeherrschtheit in Ungnade zu fallen."

Maja begann zu lachen. „Seid versichert, dass mein Interesse nicht dem aktuellen Herrn der Burg, sondern ausschließlich dem Bauwerk selber gilt."

„Na gut, das beruhigt mich." Georg atmete auf.

Er hätte niemals geahnt, dass Maja vor rund 300 Jahren schon einmal hier gewesen war. Er war überzeugt, dass sie nur einmal das Zeitentor passiert, ansonsten nur durch die Fenster in andere Jahrhunderte gesehen hatte.

Majas Ahnungen bewahrheiteten sich auch diesmal. Es war tatsächlich eine Ansammlung kleiner Örtchen, die in den folgenden Jahrhunderten zusammenwachsen sollten.

„Was ist hier sonst noch wissenswert?", fragte Georg.

„In erster Linie die Informationen über Andrea Doria, den Fürst von Melfi und Herrn des Schlosses in Dolceacqua, der hier geboren ist", erklärte Maja. „Er hat sich von einem Condottiere, einem Söldnerführer oder Kriegsherrn, zum Admiral emporgearbeitet. Er ist das bedeutendste Mitglied seiner Familie und man wird sogar eines Tages ein Schiff nach ihm benennen. Zudem ist es ihm immer wieder gelungen, seiner Vaterstadt die Unabhängigkeit zu sichern. Allerdings könnte genau das für uns zum Problem werden."

Georg schaute Maja überrascht an.

„Er hat zu diesem Zweck immer wieder die Seiten gewechselt. Aber er hat Großes vollbracht. Er hat nämlich die Beziehungen zwischen Ghibellinen und Guelfen entspannt und unter kaiserlichem Schutz die Republik wiederhergestellt."

„Welche Seiten hat er denn gewechselt?", wollte Georg genau wissen, denn er konnte sich noch immer keinen kompletten Reim auf die Sache machen.

„Mal war er mit Frankreich verbandelt, mal mit dem Heiligen Römischen Reich."

„Und den unschönen Rest behaltet Ihr lieber für Euch", mutmaßte Georg.

„Ist wohl besser. Nur so viel: Er hat Sklaven auf seinen Schiffen eingesetzt und so weiter und so fort."

„Sehr beruhigend! Ich weiß nicht, ob ich ihn wirklich kennenlernen möchte", murmelte Georg.

„Ich bin mir auch nicht mehr so sicher", gab Maja zu.

Der Ritter musste lachen. „Jetzt begreife ich endlich, warum wir seit Tagen in winzigen Etappen reiten!"

Maja schaute ihn schräg von unten an, worauf sich Georg fast nicht mehr beruhigen konnte. Fabian stand mit offenem Mund daneben und glaubte zu träumen. Erst recht, als Maja ganz verschämt fragte: „Darf ich mir das Schloss wenigstens von ferne anschauen?"

Georg wischte sich Tränen aus den Augen. Er konnte sich nicht erinnern, jemals in solche Lachsalven ausgebrochen zu sein.

„Am Ende ist alles halb so gefährlich", wiegelte Maja ab. „Im Augenblick ist er noch kein Admiral."

„Es wird Eure Entscheidung sein, wie weit wir uns vorwagen", sagte Georg sehr ernst.

Drei Tage später ritten sie durch das Nerviatal auf Dolceacqua zu. Als sich der Blick auf den Felsen mit der Burg öffnete, staunten die Männer genau wie Maja. Das gigantische Bauwerk thronte über dem Terra, das sich fast verschämt an seinen Fuß schmiegte. Die Außenmauer war weitläufiger, als Maja sie bei ihrem ersten Besuch erlebt hatte und die Umbauarbeiten zu einer herrschaftlichen Residenz konnte man schlecht übersehen.

„Ich bin tief beeindruckt, meine Liebe", gab Georg zu.

Maja, die schon von der Erhabenheit der Ruine nur in höchst verzückten Tönen gesprochen hatte, wischte sich nun Tränen der Rührung aus den Augen. „Es geht mir hier wohl immer so", seufzte sie. *Wenn ich damit keine Aufmerksamkeit erregen würde, ginge ich zu Obertos Grabstätte. Aber ich habe keine Ahnung, welcher politische Wind gerade weht. So bleibt mir nur, an ihn zu denken und von ihm zu träumen. Sollte ich jemals in meine Zeit zurückkehren, dann werde ich noch einmal hierher kommen und nach ihr suchen.*

„Alles in Ordnung?" Georg hielt sein Pferd noch einmal an, weil Maja in Gedanken versunken stehengeblieben war.

„Doch, doch, es sind nur Erinnerungen." Sie ließ ihren Braunen antraben.

Die wundervolle Ponte Vecchio begrüßte Maja wie eine alte Bekannte und wieder stellten die Männer fest, dass die Frau aus der Zukunft nicht gelogen hatte. Sie stiegen von den Pferden, um sie gegen einige Münzen in gute Obhut zu geben.

„Das Tor erschien zum ersten Mal genau auf der Brücke", flüsterte Maja. „Geöffnet hat es sich aber auf der anderen Seite, im Terra, direkt unterhalb des Schlosses."

Georg blieb abrupt stehen. „Ihr seid mehrmals durch das Tor gegangen?"

Maja nickte, womit sie beide Männer verblüffte.

„Wie viele Geheimnisse hütet Ihr noch?", fragte Georg irritiert.

„Einige", lautete die kurze Antwort und Georg verstand, dass sie nicht gewillt war, mehr zu erzählen. Fabian hob wieder einmal hilflos die Schultern.

Majas Vorschlag, auf dem Ritt durch das Tal möglichst wenig Rüstung und Bewaffnung zu zeigen, war goldrichtig gewesen. Hatte sie sich doch erinnert, dass man damals die Ankunft der Signora Giochina, der Gattin Oberto Dorias, schon Meilen im Voraus sehen konnte.

Wie zufällig kamen einige Herren vom Schloss herab, beäugten die Ankömmlinge aber auffallend genau. Beim Anblick der fremden Wappen auf den

Mänteln entfernten sie sich rasch, zumal die drei Fremden für alle offen sichtbar auf der Brücke stehenblieben und völlig gelassen die großen Forellen im Nervia-Fluss beobachteten. Maja gab flüsternd den Weg bekannt, den sie zu gehen gedachte, um es völlig natürlich wirken zu lassen, wenn drei plaudernde Herren zum Zeitvertreib durch die Gassen spazierten. Nach fast einer Stunde war klar, dass sich auch dieses Tor nicht öffnen werde.

Georg strich seinen Schnurrbart glatt. „Und nun?"

„Suchen wir eine Osteria und essen ein Häppchen", erwiderte Maja wenig beeindruckt. „Dann reiten wir zurück."

Dass sie sich damit abgefunden hatte, im 15. Jahrhundert bleiben zu müssen, wagte Georg zu bezweifeln. So wunderte er sich auch nicht, als sie kundtat, nach San Remo und Cannes reiten zu wollen.

Georg erinnerte sich vage, dass Cannes der Ort gewesen war, an welchem Majas Abenteuer begonnen hatten. Sehr wahrscheinlich rechnete sie damit, dass, wo alles begann, es auch enden werde. „Wenigstens habe ich noch ein paar Tage Galgenfrist", sagte er deprimiert zu Fabian.

„Was haltet Ihr davon, wenn wir nach Isolabona reiten, Grüße überbringen und erst morgen das Tal verlassen?", fragte er Maja.

„Tun wir es einfach! Da ist beste Bewirtung garantiert, weil dieser Ölmüller seinen Konkurrenten mit Sicherheit ausstechen will", schmunzelte sie.

„Werden wir denn die Mühle so einfach finden?" Fabian machte große Augen.

„Aber ja. Da kann ich Euch sogar mit verbundenen Augen hinführen, wenn wir den Ort erreicht haben. Wir müssen nur über die Brücke und dann links vor dem Brunnen abbiegen. Dann geht es eigentlich nur noch geradeaus. Ich fühle mich, als sei ich gestern erst hier gewesen."

Als wolle sie das Tor beschwören, ließ sie am Ziel des Rittes die Fingerspitzen in gleicher Weise über das steinerne Geländer der Brücke gleiten, wie beim ersten Besuch. Damals hatten ihr die Schmetterlingsgedanken zugewispert, ob sie sich erinnere. Ja, sie erinnerte sich. Auch heute. Sie griff nach Georgs Hand.

„Was ist geschehen?", fragte er besorgt.

„Nichts. Als ich das letzte Mal auf dieser Brücke stand, habe ich an Eure Burg gedacht. Heute steht Ihr neben mir. Ich kann nicht erklären, was ich fühle."

„Aber Ihr hattet nicht mich, sondern an den Erzherzog im Sinn", schränkte Georg nachdenklich ein. „Richtig?"

„Oder einen, der in jedem Jahrhundert ein anderer ist."

„Ihr sprecht in Rätseln."

„Aber in welchen, die ich auch nicht lösen kann", seufzte Maja und führte die Männer in die engen Gassen des Örtchens.

Sie waren natürlich schon lange beobachtet worden und der Besitzer der Ölmühle kam ihnen entgegen, als sie eindeutig die Richtung zu seinem Haus einschlugen.

Er deutete eine Verbeugung an. „Was ist Euer Begehr, meine Herren?"

„Grüße von Don Martini zu überbringen, aus der Nähe von Andora", erwiderte Georg lächelnd.

„Ihr wart bei Martini in der Mühle? Wie geht es ihm?"

„Blendend. Wir waren eine Nacht lang seine Gäste."

„Willkommen, willkommen! Tretet ein und seid auch meine Gäste! Ich werde einen Burschen schicken, der Eure Pferde versorgt!" Er winkte ihnen, ihm zu folgen.

Die drei grinsten sich vergnügt an. Maja hatte auch hier ins Schwarze getroffen. Nach einem Begrüßungswein ging tatsächlich das Schlemmen los. Wieder gab es das hervorragende Fladenbrot, nur mit einer völlig anderen Kräutermischung. Eingelegte Oliven und Paprika ließen Georgs Herz höher schlagen. Fabian interessierte sich für die Kräutersoßen.

„Eine andere Geschmacksrichtung, aber genau so hervorragend wie bei Martini", stellte Maja fest. „Meisterlich."

Der Gastgeber lachte. „Ja, die regionalen Geschmacksrichtungen sind genau so vielfältig wie die Dialekte. Freut mich immer wieder, mit Martini in Wettstreit treten zu können und festzustellen, kein bisschen schlechter zu sein."

Er ließ sich auch nicht lumpen, ihnen ein paar Kostproben seiner besten Kreationen für unterwegs einzupacken.

„Schließlich möchte ich lange im Gedächtnis bleiben", sagte er mit einem fröhlichen Augenzwinkern.

Er begleitete sie sogar noch bis Dolceacqua, wo er Geschäfte zu erledigen hatte.

Wo alles begann

„Wie ist Euer Plan?", wollte Ritter Georg von Maja wissen, ehe sie den Talausgang erreichten. „Reiten wir erst nach San Remo?"

Maja schüttelte den Kopf. „Da müssten wir ein Stück in Richtung Imperia zurück. Das heben wir uns auf, wenn in Cannes die Tür geschlossen bleibt. Denn dies würde bedeuten, dass wir umkehren und als allerletzte Möglichkeit San Gimignano aufsuchen. Zwischenstopp nach Cannes ist in Nizza, das auf halber Strecke liegt. Vorwärts, meine Herren!"

„Nun will sie doch noch nach Frankreich!", brummte Fabian, ihnen verstimmt folgend. Er hatte gehofft, dass im Nerviatal das Wunder geschehen und Maja in ihre Zeit zurückkehren werde. Das unstete Leben wurde ihm langsam immer lästiger. Gleichzeitig wuchs aber auch die Angst, fern von der Heimat hängenzubleiben und keinen Anschluss an andere zu finden, egal, wie gut er als Heiler war.

Maja entdeckte am Wegesrand ein paar reife Kaktusfeigen, denen sie nicht widerstehen konnte. Georg verschwand hinter einigen Büschen, um dringenden Bedürfnissen nachzugehen. Fabian erspähte eine große Aloe, von der er sich zwei

Blätter schnitt, um ein wenig zu üben, wie man sie am besten zerlegen konnte.

„Wollt Ihr uns diesmal gar nichts über die nächste große Stadt erzählen?", wunderte sich Ritter Georg.

„Für dieses Jahrhundert fällt mir nichts Bedeutendes ein", stellte Maja nach langem Nachdenken überrascht fest. „Hier haben aber schon Menschen gelebt, in Zeiten, die Ihr Euch nie vorstellen könntet, nämlich vor 400.000 Jahren."

„Vier … vierhunderttausend?", stotterte Fabian, der Mühe hatte, die Zahl zu erfassen.

„Im Augenblick gehört sie zum Herzogtum Savoyen und ist stark befestigt, weil sie strategisch eine große Rolle spielt."

„Wenn ich jemals einen Berater brauche, dann werde ich Euch in meinen Stab berufen, meine Liebe!" Georg imponierte, was Maja immer wieder an nützlichen Informationen aus dem Ärmel schüttelte.

„Das ehrt mich, mein Herr", erwiderte sie sichtbar erfreut.

In den Abendstunden konnten sie sich von der Richtigkeit aller Daten, die Maja ihnen gegeben hatte, überzeugen. Man ließ sie noch durch eines der Tore ein und gab ihnen eine Adresse, wo mit Sicherheit gute Zimmer den hohen Ansprüchen Adliger genügen würden. Die Pferde waren nicht weniger froh, endlich Ruhe zu finden.

Georg schaute bei allen vier Tieren die Hufe an, wie er es jeden Abend machte. Sie hatten sich bisher tapfer gehalten und nur ein Mal mussten sie einen Hufschmied aufsuchen, weil ein Eisen locker war. Ein Mal im Monat bezahlte Georg einen Schmied, um Eisen und Hufe genauer begutachten zu lassen.

„Alles in Ordnung", meldete er, sich zu ihnen in die Schankstube setzend. „Wie ist hier die Lage?"

„Recht gemütlich." Maja füllte für ihn den Weinbecher. „Wir haben Glück. Warmes Essen kommt gleich."

„Wildschwein!", freute sich Georg, als der Braten aufgetragen wurde. In den letzten Tagen war das Essen stark gemüselastig gewesen. Maja hatte das weit weniger gestört, als die Männer.

„Wollt Ihr Euch morgen die Stadt ansehen?" Georg zerlegte das Fleisch in drei gleiche Teile.

Maja schüttelte den Kopf. „Das, was ich hätte noch einmal genauer anschauen wollen, das wird es erst in 400 Jahren geben."

Auf die fragenden Blicke, begann Maja zu lachen. „Kein Haus, wie Ihr jetzt vermutet. Ein Brunnen mit der Statue des griechischen Gottes Apollo ist das Objekt meiner Neugier. Die Fontaine du Soleil – der Sonnenbrunnen. Aber den gibt es leider erst im 19. Jahrhundert. Als mein Abenteuer begann, habe ich ihn leider nur von hinten gesehen und will wissen, ob Apollo auch vorn so gut gebaut ist."

Georg machte eine gespielt pikierte Miene, Fabian schüttelte mit amüsiertem Grinsen den Kopf und Maja lachte sich eins.

„Wie groß ist denn diese Brunnenfigur?"

„Sieben Meter", glaube ich.

Georg zog eine Augenbraue nach oben. „Selbst wenn ES klein geraten ist, dürfte es unter diesen Umständen immer noch ziemlich groß ausfallen."

Maja blinzelte. „Genau dieses ES war schuld daran, dass Apollo im 20. Jahrhundert seinen Platz räumen musste. Den einen war ES zu groß, den anderen zu anstößig. Da hat der Meister zu Hammer und Meißel gegriffen und den Marmorstein des Anstoßes verkleinert. Trotzdem musste die Figur weg, um sehr viel später endlich wieder den Sonnenbrunnen zu schmücken."

„Aha, Ihr wollt also nichts weiter, als nachschauen, ob die Nachbearbeitung gelungen ist", neckte Georg.

„Könnte man so sagen", kicherte Maja.

Natürlich hatte die Diskussion um Apollos Männlichkeit auch die Lust Georgs angefacht. Er konnte es kaum erwarten, mit seinem vermeintlichen Knappen ins Bett zu kommen. Fabian überrechnet seine Barschaften, dann ließ er sich vom Wirt den Weg ins beste Frauenhaus beschreiben, wie im Mittelalter die einschlägigen Bordelle hießen.

Georg prüfte rasch Wände und Türen, dann nickte er zufrieden. „Recht solide, Ihr müsst Euch also keinen Zwang antun."

„Endlich mal wieder gute Nachrichten", blin-

zelte Maja, mit einem gekonnten Strip Georg so einheizend, dass er nicht einmal das Ende abwartete, sie stattdessen ins Bett zog und bewies, dass der marmorne Apollo gar nicht der Richtige für sie sein konnte.

„Ist es nicht angenehmer, warmes Leben zu spüren, als kalten toten Marmor?", flüsterte er ihr ins Ohr.

Maja lachte leise. „Hab es noch nicht mit Marmor probiert."

„Aber mit kalten Fingern", raunte Georg, gleich noch einmal in Höchstform kommend.

Als sie am nächsten Tag die Stadt verließen, erklärte Georg: „Mein lieber Apollo, ich habe etwas, das Ihr nie haben werdet. Viel Spaß dabei, nur angestarrt zu werden!"

Maja brach in schallendes Gelächter aus.

Fabian schaute etwas mürrisch drein. Er war unausgeschlafen und der Ausflug zu den Dirnen war ganz und gar nicht das gewesen, was er sich vorgestellt hatte. Die herrlich verdorbenen Extras, die Sigmund und Georg genießen konnten, gab es bei den öffentlichen Damen per Erlass gar nicht oder verbotenerweise gegen so viel Geld, wie es nur ein gut situierter Adliger oder ein wirklich reicher Handwerksmeister aufbringen konnte.

Indes begann Maja über Cannes im 21. Jahrhundert und das mediterrane Klima zu erzählen.

„Feuchte warme Winter", stöhnte Georg, übers Meer deutend. „Da hinten naht schon wieder der beschriebene Regen. Ich bin im Zweifel, ob mir Schnee nicht doch lieber ist. Obwohl … an Sonnentagen macht die Côte d'Azur ihrem Namen alle Ehre …"

„Nicht schon wieder Regen", rief auch Fabian.

„Ihr habt ja nicht ganz Unrecht", gab Maja zu. „Mir ist allerdings warmer Regen viel, viel lieber als Frost und Schnee. Obwohl auch ich inzwischen das Gefühl habe, mir wüchsen Schwimmhäute zwischen Fingern und Zehen."

Fabian erklärte schließlich, er habe am Vorabend nach der nächsten großen Stadt gefragt und von Cannes sei keine Rede gewesen.

„In Eurer Zeit ist es ja auch nur ein Fischerdorf", erwiderte Maja. „Erst in 400 Jahren werden Adlige aus anderen Ländern, die Schönheit dieses wundervollen Landstriches entdecken und sich dort und allerorten Ferienhäuser erbauen lassen. Cannes kommt übrigens von dem lateinischen Wort *canna*, was *Schilf* bedeutet."

„Wo müssen wir suchen?", fragte Georg.

„Direkt am Ufer. In voller Länge. Fast alles, was ich gesehen habe, gibt es ja noch nicht."

„Keine Anhaltspunkte?"

„Doch, die Insel Sainte-Marguerite ist genau gegenüber und von Cannes aus, gut zu sehen. Auf ihr gibt es Kloster aus dem 5. Jahrhundert."

Den Feuerschein auf der Insel entdeckten sie sogar vor den ersten Häusern des Dorfes. Diesmal mussten sie ziemlich lange suchen, ehe sie eine Bleibe für die Nacht fanden. Unterschlupf gewährte ihnen schließlich der Kaplan der kleinen Gemeinde.

Sehr interessiert befragte er sie zu ihrer langen Reise und gab seinerseits Auskunft über das Leben hier an der Küste. Georg ahnte, was Maja vorhatte, als sie sich gezielt nach dem wie und was des Fischens informierte.

„Am besten fahrt Ihr mit hinaus, mein Herr!", schlug der Kaplan vor. „Da könnt Ihr direkt erleben, was es heißt, Fischer zu sein. Das setzt natürlich voraus, dass Euch der Geruch der Tiere nicht stört."

Georg blieb allerdings fast das Herz stehen, als Maja tatsächlich verlangte, mitfahren zu dürfen. Der Kaplan versprach, sich darum zu kümmern, nur werde es bestimmt zwei Tage dauern, ehe er eine Antwort habe.

Die Zeit bis dahin nutzten die drei, Stück für Stück den Strand abzugehen. Außer unzähligen Seevögeln und Teergeruch blieb alles unauffällig.

„Genau hier ist auch in der Neuzeit der Hafen", beschrieb Maja ihre Eindrücke. „Und da drüben, wo das große Schiff auf Reede liegt, ankerte auch der Segler Dorias."

Georg fuhr herum. „Von diesem Andrea Doria? Ihr sagtet doch, der sei noch zu jung!"

„Nicht von ihm. Ein Schiff seines Vorfahren Oberto aus dem 13. Jahrhundert."

„Wann wolltet Ihr mir sagen, dass die Doria für Euch eine so große Bedeutung haben?"

„Gar nicht. Ihr werdet ja auch so schon immer ungehalten, wenn der Name fällt." Maja schaute ihn fest an.

Georg senkte den Blick. „Verzeiht mir." *Nur kein Streit! Wenn sich das Tor plötzlich auftut, verschlingt es sie vielleicht für immer und ich kann es nicht einmal verhindern.*

Als sie mit dem Fischer aufs Meer fuhr, verging Georg fast vor Sorge. „Passt gut auf Euch auf, Maximilian!"

„Entspannt Euch! Ich bin ein guter Schwimmer." Ihr Blick sagte: *Ich weiß, dass Ihr etwas anderes meint.*

Der Fischer war der Auffassung gewesen, er werde bei der Arbeit nur beobachtet. Nun sah er sich rasch einer anderen Tatsache gegenüber. Der feine Herr, der am Anfang etwas deplatziert in der geliehenen ärmlichen Kluft gewirkt hatte, packte nämlich mit zu, um die Netze einzuholen und den Beifang auszusortieren. Und das noch dazu so selbstverständlich, dass der Fischer riesengroße Augen bekam.

Das brach das Eis und er erzählte über Land, Leute und Meer, wie es nur jemand konnte, der tief darin verwurzelt war. Zwar mit Händen und

Füßen, weil sich beide nicht der Sprache des anderen bedienen konnten, aber mit so viel Geschick, dass keine Fragen offenblieben.

„Euer neues Parfüm riecht etwas streng", bemerkte Georg anzüglich, als Maja am Abend aus dem Boot stieg.

Lachend übersetzte sie es mit Gesten für den Fischer, der herzlich einstimmte. Er lud seinen fleißigen Helfer und dessen Begleiter für den Abend zu frischem Fisch am Spieß ein, was sich die drei auf keinen Fall hätten entgehen lassen.

„Ich sollte mich wohl langsam daran gewöhnen, in dieser Zeit bleiben zu müssen", ließ Maja ganz beiläufig fallen.

Nur gut, dass niemand in der Nähe war! Georg riss sie ohne Vorwarnung in seine Arme, um sie ungestüm zu küssen.

Drei Tage lang wanderten sie noch kreuz und quer durch die Gegend, bis Maja endgültig begriff, dass sich auch hier die Zeit nicht zwingen ließ.

„Wir müssen also noch einmal fast die ganze Küste abreiten", resümierte Georg, als sie über den Rückweg sprachen.

„Es sei denn, wir verkaufen die Pferde und nehmen ein Schiff", ließ sich Fabian vernehmen.

„Nicht ohne meinen Braunen!", protestierte Maja, als zeitgleich Georg: „Nicht ohne meinen Rappen!", rief, womit Fabian eindeutig überstimmt war und sich fügte. Allein mit dem Schiff zu reisen, war ihm zu unsicher.

Der lange Ritt zurück

Bei Sonnenschein und milden Temperaturen trabten sie Richtung Nizza davon. Maja präsentierte sich ungewöhnlich schweigsam. Nicht nur, weil sie über die Orte, die sie streiften, schon alles gesagt hatte, was sie wusste. Die Hoffnung, in ihr Jahrhundert zurückzukehren, schwand mit jedem Fehlversuch ein bisschen mehr.

Auch Georg blieb ziemlich einsilbig. Ihm wurde klar, dass er sich nun etwas einfallen lassen musste, um mit Maja leben zu können, ohne sie zu heiraten. Er hatte sie oft genug angefleht, zu bleiben, nun war er auch dazu verdammt, ihr ein standesgemäßes Leben zu bieten. Sonst war zu befürchten, dass sie ihm genau so den Rücken kehrte, wie sie es mit Sigmund getan hatte.

In Fabians Kopf drehten sich die Gedanken darum, wo er sich am besten niederlassen könne, ohne in den direkten Dunstkreis des Erzherzogs zu geraten. Südtirol schien geeignet zu sein, dann da verstand er wenigstens die meisten Dialekte.

„Da vorn ist schon Nizza", hörte er Maja sagen und hob erstaunt den Kopf.

„Ziehen wir weiter", gab Georg zurück.

Fabian atmete auf. Es wäre ihm unangenehm gewesen, hätte ihn die Dirne entdeckt, mit der er sich nicht einig geworden war.

Drei Meilen hinter der Stadt bat Georg um Nachtquartier.

„Wisst Ihr eigentlich, dass wir fast in Monaco sind?", fragte Maja.

„Dieses Felsennest, an dem wir beim ersten Mal vorbeigeritten sind?"

Maja schmunzelte. „Mein Lieber, Ihr würdet nicht so verächtlich sprechen, wenn Ihr wüstest, welchen Status dieses *Nest* in meiner Zeit hat!"

Sie ließ sich weitschweifig über die Reichen und Schönen aus. „Übrigens ist es seit 1419 endgültig in den Händen der Grimaldi und da bleibt es bis in meine Zeit. Könnt Ihr Euch an die Wappen in dem kleinen Lichthof im Terra erinnern? Ja? Ha, ha, ich habe genau so geschaut, wie Ihr jetzt, als ich die Allianz begriff!"

„Ich möchte dort trotzdem keine Pause einlegen. Es deprimiert mich, wie andere die Jahrhunderte überdauern und meine Burg schon jetzt für mich verloren ist!"

„Macht Euch nicht klein!", bat Maja. „Hier denkt man in völlig anderen Dimensionen, hat durch das Meer ganz andere Möglichkeiten, und buchstäblich Geld ohne Ende. Das milde Klima macht zudem Kriegszüge zu jeder Zeit möglich. Mit einer Flotte ist man ruckzuck in Ländern, von denen Ihr vielleicht noch nicht einmal gehört habt!"

198

Georgs Gesicht hellte sich ein klein wenig auf. „Wenn Ihr das sagt, dann muss und will ich es glauben."

„Da Ihr nicht nach Monaco wollt, erkläre ich, dass ich nicht bei Tozzi rasten will", lachte Maja.

„Dann reiten wir eben durchs Hinterland. Das ist sicher auch ganz reizvoll", versprach Georg.

Auf alle Fälle sah er beim Vorbeireiten den Felsen der Monegassen mit ganz anderen Augen an, wie Maja amüsiert feststellte. Ehre, wem Ehre gebührt.

Natürlich begannen beide Männer sofort, nach San Remo zu fragen, obwohl es noch fast 23 metrische Meilen bis dahin waren.

„Im Augenblick ist noch alles am Wachsen", begann Maja. „Wir werden wohl nur die Pigna, den ältesten Stadtteil, zu sehen bekommen. Man hat die Häuser auf steilen Straßen übereinander gebaut, um sich besser gegen Piraten schützen zu können."

„Ach ja, Ihr spracht von denen, als das Unwetter begann, welches uns schließlich im Fort Zuflucht suchen ließ", erinnerte sich Georg.

„Wie lange wollt Ihr in San Remo bleiben?"

„Für eine Nacht. Auf den Klippen hat sich nur ein Fenster in die Zeit geöffnet. Ich glaube nicht, dass ich glücklich wäre, mein Jahrhundert nur sehen, aber nicht erreichen zu können. Ich setze meine allerletzte Hoffnung auf San Gimignano in der Toskana."

Lautes Pferdegetrappel ließ alle aufhorchen. Augenblicke später preschte ein bewaffneter Reitertrupp vorbei.

„Ach herrje! Diese Gefahren hatte ich schon fast verdrängt", brummte Georg. „Es war ja in den letzten Tagen auch verdächtig ruhig."

Das sollte sich von dieser Begegnung an ändern. Auf den Klippen von San Remo verlangte sogar jemand das Losungswort von ihnen.

„Zum Teufel mit Eurer Losung!", schimpfte Georg. „Wir sind Reisende, die einfach nur nach Hause wollen! Eure politischen Querelen gehen uns nichts an! Dass wir auf diesem Plateau nicht rasten dürfen, können wir nicht wissen. Ihr hättest es uns auch in einem etwas freundlicheren Ton sagen können." Er gab den beiden anderen das Zeichen zum sofortigen Aufbruch.

„Korsarenphobie, würde ich behaupten", sagte Maja, wie Georg, das Wappen des Umhangs nach außen drehend, ehe sie sich aufs Pferd schwang. „Jetzt haben sie genügend Stoff zum Nachdenken." Außer Sichtweite wendeten sie die Umhänge wieder so, dass die Wappen im Verborgenen blieben.

Auf dem Teilstück nach Savona stellten sie fest, dass es keineswegs reizvoll werden würde, die Küste zu verlassen. Man warnte sie beinahe an jedem Haus vor allerlei Gelichter, das die Wege unsicher mache. So nahmen sie lieber in den kleinen Fischerdörfern Quartier und auch, so lange die Sonne noch hoch am Himmel stand. Um Genua schlugen sie lieber gleich einen großen Bogen, oder vielmehr, sie ritten eilig weiter. So, wie es aussah, machten sich dort wieder einmal Guelfen und Ghibellinen gegenseitig das Leben schwer. Im Hafen lagen Schiffe, deren Kanonen jederzeit einsatzbereit waren.

Maja erklärte Georg, dass es Bombarden, schwere Schwarzpulvergeschütze, waren, deren Läufe aus den Luken ragten. Hin und wieder waren schon die modernen Vorderladerkanonen dabei, die in einem Stück aus Bronze gegossen waren, und die erst viel später durch Eisenkanonen ersetzt werden würden.

„Ja, mit den großen Kalibern kann man inzwischen durchaus auch eine Bordwand durchschießen", erzählte sie auf Nachfrage. „Dass ein Schiffskanonier etwas mehr Gefühl für seine Waffe haben muss, weil sich das Schiff bei Seegang bewegt oder gar fährt, muss ich Euch ja nicht detailliert beschreiben. Und nun weg hier! Wir werden beobachtet."

Hinter Genua erklärte sie für den Ritter den wirklich wissenswerten Teil, nämlich, dass seit ein paar Jahren die Geschützpforten am Schiffsrumpf entlang installiert wurden, da man die Kanonen wegen ihres höheren Gewichtes im Schiffsrumpf aufstellen musste. Bald werde man die Geschütze auch nicht mehr direkt übereinander, sondern versetzt wie auf einem Schachbrett anordnen.

„Warum interessiert sich eine hübsche Frau für solche Dinge?", staunte Georg.

„Weil sie darüber Bücher schreibt", kicherte Maja.

Diesmal übernachteten sie in Sori ganz offiziell in einer Herberge. Wegen zu vieler lauschender Ohren unterhielten sie sich kaum und wenn, dann über das Essen. Im Morgengrauen zogen sie weiter.

Da sie erst in Viareggio die Nacht verbringen wollten, trieben sie bis in die Mittagsstunden die Pferde meist im Trab über die Küstenstraßen. An einem Bachlauf machten sie die erste lange Pause.

„Keine Informationen über unser Ziel?", lockte Georg.

„Einige", schmunzelte Maja. „Marmorverarbeitung, Töpferei und Schiffbau."

„Und weiter?"

„Wir sind bereits in der Toskana."

Georg und Fabian wurden kribbelig. „Jetzt sagt nicht, der Rest sind unangenehme Dinge!"

„Zum Teil. In den Sümpfen hier grassiert die Malaria."

Fabian wurde bleich. Von dieser Krankheit hatte er schon gehört.

„Wenn Ihr denkt, es ist jetzt schon eine blühende Stadt, dann muss ich Euch bitter enttäuschen. Es ist ein Örtchen, das um ein Kastell herum entstanden ist, das Castrum de Via Regia heißt, benannt nach der Königsstraße des damals regierenden Römischen Kaisers Friedrich Barbarossa. Hier liegt der einzige Zugang zum Meer für die Stadt Lucca."

Georg schüttelte den Kopf. „Ich habe keine Lust, gerade dort zu übernachten. Das riecht von Grund auf nach Ärger und nicht nur wegen der vermaledeiten Mücken."

„Die hier aber leider überall sind, denn das ganze Gebiet ist sumpfig!", gab Maja zu bedenken.

„Nein!"

„Dann ziehen wir eben bis in die Nacht durch und rasten in Pisa", schlug Maja vor.

Fabian wurde munter. „Pisa? Mit dem schiefen Campanile???"

„Genau das!" Maja schaute Georg an, der ebenfalls völlig aus dem Häuschen geriet. „Gut, dann ist es so beschlossen."

Zwei Stunden später hatten sie das große Glück, bei einem Töpfer einen Schlafplatz zu finden. Das Feuer der Brennöfen hielt die blutsaugenden Quälgeister auf Distanz. So konnten sie ganz entspannt und gut ausgeschlafen nach Pisa reiten.

„Oh, mein Gott!", hauchte Fabian, als der erste weiße Marmorhauch zwischen den Bäumen zu ahnen war. Der strahlende Sonnenschein eines Wintertages ließ den hellen Stein fast silbern erstrahlen. Dann standen die Männer neben Maja auf dem Campo dei Miracoli und staunten mit offenen Mündern.

„Das übertrifft alles, was ich jemals gesehen habe", murmelte Georg tief ergriffen.

Nach einem abschließenden Besuch der Taufkirche gingen sie auf die Suche nach einer Herberge. Nicht ganz einfach, weil unzählige Pilger das gleiche Ansinnen stellten.

„Probieren wir es am Stadtrand?" Maja zeigte auf eine Gruppe Männer, die vor ihnen an der letzten Herberge ankamen und ihnen die Plätze vor der Nase wegschnappten.

„Bleibt wohl auch nichts weiter übrig, wenn wir nicht auf einer Wiese schlafen wollen", stöhnte Fabian.

„Ach, ich nehme notfalls auch das Gras", schmunzelte Georg. „Dieser Tag war die glatte Krönung aller Mühen. Maja, ich werde ewig den Moment preisen, an dem ich Euch kennenlernte!", rief er beeindruckt. „Die ganze Reise war bisher eine Offenbarung, die mich fühlen lässt, wie klein und unbedeutend ich für diese Welt bin."

Als die Sonne unterging, fragten sie noch immer vergeblich nach Quartier.

„Im Stall wäre Platz, da habt Ihr wenigstens ein Dach über dem Kopf", bot ein Bauer an, was die drei nur zu gern annahmen.

Nur der Hahn des Bauern mochte sie wohl nicht leiden, er warf sie noch vor dem ersten Tageslicht aus dem Heu.

„Bei dem muss eine Schraube locker sein", lästerte Maja. „Den würde ich auf der Stelle reklamieren."

„Ich hätte einen schönen Spieß, den ich ihm zeigen könnte", lachte Georg. „Vielleicht bliebe ihm da das nächste Krähen vor Angst im Hals stecken."

Gut gelaunt machten sie sich nach San Gimignano auf den Weg, den bereits mehrere Pilger unter die Sohlen genommen hatten.

Die einzige Chance geht verloren

Sie erreichten den Ort am frühen Nachmittag. Maja, die schon einmal hier gewesen war, führte die Männer zielsicher zur Piazza della Cisterna. Dem besten Ort, um nach einem Quartier zu fragen. Sie wusste, dass sich das Städtchen 1352 unter den Schutz von Florenz begeben hatte und zumindest außenpolitisch gerade eine Phase der relativen Ruhe und des Wohlstands erlebte. Allenthalben blühten der Anbau und Handel von Safran, Dutzende Färber hatten sich angesiedelt und noch immer trafen Pilger ein, die auf der Frankenstraße ihrem Ziel entgegenstrebten. Die meisten von ihnen hatten keine Kunde davon erhalten, dass es einen bequemeren Weg durch die trockengelegten Sümpfe der Ebenen gab.

Die drei Reisenden sprachen sich ab, möglichst wenig von sich preiszugeben. Maja hatte den Männern auf dem Ritt bereits erzählt, dass es in ihrer Zeit hier sogar ein Museum über die grausamsten Foltermethoden gab, und sie wollten keinesfalls aktuelle Details herausfinden.

„Wollt Ihr die Stadt wirklich aufsuchen?", hatte Fabian sofort gefragt, wobei deutliches Missbehagen aus seiner Stimme klang.

Auch Ritter Georg hatte ein finsteres Gesicht gezogen.

Nun standen sie am Brunnen und wurden neugierig gemustert. Wobei den Blicken anzusehen war, dass man sie eindeutig für solvente Gäste hielt, die man ruhigen Gewissens an die reichen Patrizier der Stadt empfehlen konnte.

„Wisst Ihr zufällig, wer gerade das Sagen hat?", flüsterte Georg Maja zu.

Die schüttelte den Kopf. Sie hatte nicht einmal eine Ahnung, ob es zum nämlichen Zeitpunkt noch immer blutige Rivalitäten zwischen den Salvucci von den Ghibellinen und den Ardinghelli der Guelfen gab. „Zwar war Doria ein Ghibelline, ich glaube aber, wir sollten uns lieber an die Guelfen halten, wenn wir länger hierbleiben wollen."

„Hat das einen bestimmten Grund?", fragte Georg zurück, der genau so wenig über die politischen Verhältnisse im Bilde war.

Maja nickte. „Die stehen im Augenblick dem Papst näher."

„Hm, Gottes Beistand ist manchmal recht hilfreich", brummte der Medicus. „Hoffen wir einfach, dass wir weder die Hilfe des einen noch des anderen brauchen."

Zufällig war es ein Gottesmann, der ihnen schließlich zu einer Unterkunft verhalf. Ein fränkischer Mönch auf Pilgerreise hatte vertraute Worte und die letzten Sätze vernommen, sich ihnen als Dolmetscher angeboten und ihnen die wichtigsten Dinge erklärt, auf die sie zu achten hatten, wollten sie jeden Ärger umgehen. Da sie die Papsttreuen favorisierten, hielt er es geradezu für seine Pflicht, sie zu informieren. Natürlich nahmen sie dankbar die Ratschläge des Weitgereisten an.

Einer der Stadtherren gewährte ihnen schließlich Unterschlupf und wahrhaft fürstliche Bewirtung. Mit glühenden Worten schilderte er die Vorzüge, gerade hier zu leben. Maja musste sich mehrmals auf die Zunge beißen, um bloß nicht einen einzigen Ton dazu zu sagen.

„Euer junger Freund ist sehr schweigsam", stellte Francesco, der Hausherr schließlich fest. „Verbietet Ihr ihm, eine eigene Meinung zu haben?"

Georg lächelte milde. Er wusste ziemlich gut, warum sich Maja nicht an der Unterhaltung beteiligte. Es stand, ihren Worten zufolge, schließlich nicht wirklich gut um die Zukunft San Gimignanos. Zumindest nicht in den nächsten drei bis vier Jahrhunderten. „Sein Schweigen ist ein Zeichen der Ehrerbietung", erklärte Georg schließlich, um weitere Fragen gleich im Keim zu ersticken. „Wenn er es für wirklich nötig hält, tut er seine Meinung auch mit der Waffe in der Hand kund."

„Ich fühle mich unwohl in diesen Mauern", gab Fabian bekannt, als sie irgendwann zu sehr später Stunde in die Betten krochen.

Ich mich auch, dachte Georg. Laut wünschte er: „Angenehme Träume!"

Für Maja ging dieser Wunsch nicht in Erfüllung. Sie schreckte noch vor dem Morgengrauen aus einem Alptraum auf, an den sie sich schon beim Öffnen der Augen nicht mehr erinnern konnte. Sie wand sich vorsichtig aus Georgs Armen, streifte ihre Kleidung über und huschte zur Tür hinaus.

Die Nacht war kühl, aber klar, der Vollmond stand als strahlende Scheibe am Himmel und schien nur für Maja zu leuchten. Ein kurzer Blick in die Runde, dann schlug sie den direkten Weg zu jenem Haus ein, in dem sie mit Nico die letzten heißen Stunden verlebt hatte. Vielleicht fand sie ja das Tor, um in ihr Jahrhundert zurückkehren zu können.

Nun wanderten sie schon seit Monaten von einem Ort zum anderen. Fabian hing wie eine Klette an ihnen und zog es immer wieder vor, mit ihnen weiterzureiten, statt dortzubleiben, wo man ihn mit offenen Armen empfing und ihm sogar eine feste Anstellung versprach. Manchmal verfluchte Maja den Tag, an dem sie auf ihrer Flucht mit ihm zusammengetroffen waren. Georg schien ähnlich zu denken. Sie sah es nur hin und wieder an seinem Blick und winzigen Gesten, dass ihn Fabians ständige Anwesenheit zu nerven begann. Es blieb mitunter tagelang keine Möglichkeit der Zweisamkeit und von ungestörtem Sex konnte schon lange keine Rede mehr sein.

„Was haltet Ihr davon, mit mir heimzukehren?", fragte Georg eines Abends.

Maja drehte den Weinbecher zwischen den Fingern. „Ziemlich viel."

Fabian schreckte auf. „Was? Wie? Heimkehren?"

Ritter Georg reagierte nicht darauf. Er führte nahtlos das Gespräch mit Maja weiter. „Der Winter ist fast vorbei und wir könnten mit Beginn des

Sommers das Eisacktal erreichen. Wohin wir uns dann wenden, können wir uns ja noch überlegen."

„Stimmt. Wir müssen ja auch nicht unbedingt auf Burg Fragenstein um Einlass bitten", witzelte Maja. „Sonst dürfte mich ja kaum einer erkennen. Ziehen wir uns am besten auf Eure Güter zurück und überlegen, wie es weitergehen soll. Mir ist das unstete Wanderleben langsam auch zu anstrengend."

„Haltet Ihr das wirklich für eine gute Idee?", fragte der Medicus unangenehm überrascht. Ihn werde man in der Gegend um Zirl ganz sicher erkennen.

Georg nickte. „Ich zwinge Euch nicht, mitzugehen. Wenn Ihr möchtet, begleiten wir Euch bis zu einer der Burgen, auf der man Euch am liebsten da behalten hätte und sicher erneut herzlich aufnehmen wird. Ich habe noch andere Verpflichtungen, als in der Gegend herumzureiten. Meine Aufgabe, Maja auf sicheres Terrain zu bringen, habe ich erfüllt. Dass sie mir nun nach Hause folgen wird, steht auf einem ganz anderen Blatt. Was Ihr tut, ist ganz allein Eure Entscheidung."

Fabian hatte mit offenem Mund den deutlichen Worten des Ritters zugehört und hüllte sich den Rest des Abends in Schweigen. Er wollte sich auch nicht eingestehen, dass er Ritter Georg buchstäblich auf der Tasche lag. Der hatte bisher immer ganz selbstverständlich Geld locker gemacht, ohne nach Gegenleistung zu fragen. Schließlich verdankte er sein Leben den Heilkünsten des Medicus'. Nur war das ja schließlich die Bestimmung eines Arztes, andere wieder gesund zu machen. Zudem hatte Fabian damals ein ganz erkleckliches Sümmchen an Georgs Behandlung verdient …

In den folgenden Tagen herrschte deutlich unterkühlte Stimmung und Fabian verließ meist schon früh das Zimmer, um erst am späten Nachmittag zurückzukehren. Wo er sich den ganzen Tag aufgehalten hatte, darüber fiel nie ein Wort. Maja bemerkte nur irgendwann die seltsamen Blicke, mit denen man sie und Georg bedachte, wenn sie die Pferde zur Tränke brachten. Schließlich machte sie ihn darauf aufmerksam.

„Das sind ausschließlich Leute, die der kaisertreuen Linie angehören", stellte er rasch fest. „Ich glaube, wir sollten packen."

Im Gegensatz zu allen Erwartungen, schien es Meister Fabian damit plötzlich am eiligsten zu haben. Er schaute sogar ständig nach dem Stand der Sonne, als könne er es kaum erwarten, San Gimignano zu verlassen. Maja beobachtete ihn mit zusammengezogenen Augenbrauen. Irgendetwas stimmte nicht.

„Was habt Ihr?", fragte Georg schließlich.

„Unbestimmte Ahnungen", murmelte Maja. „Irgendwas braut sich zusammen, das mir Unbehagen bereitet. Mir zieht sich regelrecht der Magen zusammen."

Georg schloss für einen Moment die Augen. „Oh, mein Gott!" Dann packte er Fabian hart den

Oberarmen. „Was wisst Ihr, was wir nicht wissen?", fragte er, ihn heftig schüttelnd.

„N ... nichts", stöhnte Fabian.

„Was wisst Ihr?", zischte Ritter Georg, wie eine angriffsbereite Schlange.

Fabian wand sich vor Schmerzen, denn der Ritter trug leichte Panzerhandschuhe, welche die Arme mörderisch zusammenpressten.

„Man hält Maximilian für einen Hexer", würgte Fabian mühsam hervor.

Georg fuhr zusammen. „Weiter!", herrschte er den Medicus an.

„Man hat ihn nachts lange vor zwei Häusern stehen sehen und in einem davon geschehen seitdem seltsame Dinge", krächzte Fabian unter Tränen.

Georg ließ ihn los. „Ach? Und wann wolltet Ihr uns das sagen?", grollte er. „Sollte Maja durch Eure Schuld auch nur ein einziges Haar gekrümmt werden, werde ich Euch finden und dafür büßen lassen, egal, wo auch immer Ihr Euch versteckt!"

Das Tor, schoss es Maja durch den Kopf. *Ausgerechnet jetzt müssen wir fort. Damit ist es für mich verloren!* Wortlos schwang sie sich aufs Pferd und trabte langsam los. Georg folgte ihr sofort, ohne sich weiter um Fabian zu kümmern.

„Vielleicht könnt Ihr als Frau noch einmal hierher zurückkehren", versuchte er, sie zu trösten, weil er den gleichen Gedanken gehabt hatte.

Maja schüttelte verzweifelt den Kopf. „Das Portal lässt sich nicht erzwingen. Sehen wir lieber zu, dass wir möglichst schnell, möglichst weit fort kommen." Sie trieb ihren Braunen in den Galopp.

Fabian folgte beiden in etwas Abstand. Sein Leben wäre verwirkt, griffe man ihn allein auf. Immerhin war er mit ihnen hier angekommen und hatte mit ihnen hier die meiste Zeit verbracht. Er sah Maja unterhalb der Stadt im nahen Wald verschwinden, während Georg auf der Straße die Pferde bewachte. Dass er nicht sofort auf Abwehr ging, ließ Fabian wagen, heranzukommen. Wenige Minuten später trat Maja im Kleid zwischen den Bäumen hervor.

Georg sprang vom Pferd. „Ihr seht wundervoll aus." Galant half er ihr aufs Pferd und gab das Zeichen zum Weiterritt.

Meister Fabian schloss sich ihnen still an. Er hatte erstaunt bemerkt, dass der Ritter ebenfalls einen anderen Umhang trug als in den letzten Tagen. So kramte er, obwohl die Pferde in scharfen Trab liefen, in seinem Beutel, um sich auch etwas zu verändern.

Maja wechselte einen schnellen Blick mit Georg. Als Unschuldsbeweis war das noch lange nicht ausreichend. Um jedwedem Ärger aus dem Weg zu gehen, hatte Georg den Weg zum ersten Etappenziel eingeschlagen, der Meilen an Florenz vorbeiführte. Zwar kamen sie langsamer voran, konnten aber relativ sicher sein, unerkannt zu bleiben.

Er zügelte sein Pferd, beschattete die Augen mit der Hand und schaute sich forschend um. „Wir werden wohl erst morgen Montecatini Terme erreichen. Hoffentlich finden wir einen Ort, wo wir einigermaßen komfortabel übernachten können."

Maja seufzte, das Hotel Tuscany Inn würde dort ja auch erst in mehreren hundert Jahren entstehen, genau wie die Eisenbahnstrecke, die direkt daran vorbeiführte. An die bevorstehende Nacht wollte sie lieber gar nicht erinnert werden.

Georg atmete mit sorgenvollem Gesicht tief ein. „Ich weiß, dass Euch im Augenblick alles zu viel ist. Ich wünschte, Eure fahrenden oder fliegenden Maschinen wären hier, um uns in Windeseile von Ort zu Ort zu bringen!"

Maja brach das erste Mal in Tränen aus, womit sie endgültige Ratlosigkeit über beide Männer brachte.

Unterhalb des Berges tauchte plötzlich ein einzelner Reiter auf, der über mehrere Meilen den gleichen Abstand zu ihnen hielt. Um ihn auszuloten, ritten sie mal langsamer, mal schneller und der Fremde passte seine Geschwindigkeit jedes Mal sofort an.

„Der Kerl ist mir unheimlich", flüsterte Fabian.

„Der hat es ganz sicher auf uns abgesehen", bestätigte Georg. „Wenn der Abstand so bleibt, kann er uns nicht gefährlich werden, es sei denn, er wiese andere auf uns hin."

„Denkt Ihr an Feuerwaffen?", hauchte Maja und bekam ein Nicken.

Auf dem steilen Weg direkt ins Tal kam der Reiter plötzlich rasch näher und Georg entschied, auf dem kleinen Plateau oberhalb des Flusses anzuhalten und abzusteigen.

Der aufdringliche Fremde kam nicht nur Maja erstaunlich bekannt vor. Fabian erklärte, dass er ganz sicher sei, ihn im Fort Capo di Vado gesehen zu haben. Womöglich war er ja desertiert und suchte nun seine Bestimmung in der Wegelagerei. Zudem wisse dieser ja, dass Maja und Georg über nicht unbedeutende Barschaften und Schmuck verfügten, den man bestens zu Geld machen könne.

Es dauerte auch nicht lange, da griff der Mann zuerst Georg mit Worten an, und als dieser nicht reagierte, begann er, Maja zu beleidigen. Das allerdings war Georgs wunder Punkt und Sekunden später gingen beide mit gezogenen Schwertern aufeinander los.

Mit ritterlicher Fairness hatte dieses Duell von Anfang an nichts zu tun. Der Fremde hielt keine einzige Regel ein, warf mehrere Dolche auf seinen Kontrahenten und versuchte, zu schlagen und zu treten. Georg parierte alles.

„Warum geht er auf Ritter Georg los, wenn er doch sicher sein kann, kräftemäßig und kampftechnisch unterlegen zu sein?", überlegte Fabian laut.

„Ich weiß es nicht!", erwiderte Maja völlig ratlos.

Inzwischen sah es aus, als versuchte der Fremde, sein Pferd als Deckung zu benutzen. Dann tat er es ganz unverhohlen. Er tauchte unter dem Bauch des Tieres durch und machte sich an der Satteldecke zu schaffen. Ehe jemand auch nur ahnte, was er vorhatte, riss er eine geladene Arkebuse hervor und drückte ab, ohne Georg eine Chance zu lassen, der stehengeblieben war und durch das Visier verständnislos das seltsame Gebaren des Gegners beobachtet hatte.

Aus unmittelbarer Nähe abgefeuert, war die Wirkung der Waffe verheerend. Georgs Brustpanzer wurde glatt durchschlagen und durch die Wucht des Treffers stürzte der Ritter rücklings vom Felsen.

Maja schrie auf und hastete an den Rand der Klippe. Fast zehn Meter unter ihr lag reglos Ritter Georg in seinem Blut. Vor Majas Augen bildete sich ein Strudel, der sich immer schneller drehte. Sie fühlte, wie auch sie den Halt verlor, vornüber kippte und fiel … *ungewöhnlich lange, für die paar Meter,* registrierte sie noch, dann schlug sie auf.

Stechender Schmerz, der sie innerlich zu zerreißen schien, raste durch den ganzen Körper, bis sie schließlich Grabesschwärze umfing.

„Macht die Korbtrage klar", rief ein Mann genau neben ihrem Ohr. „Sie lebt!"

Wer lebt? Georg ist tot! Er kann nicht mehr leben. Ausgeschlossen. Vielleicht meint er ja Fabian? Warum brüllt der Kerl überhaupt so? Wieso kann ich ihn verstehen? Können Tote jede Sprache sprechen?

„Aufwachen!", hörte sie eine sorgenvolle Stimme sagen und warme Finger berührten ihr Gesicht. „Ich werde Sie jetzt in die Trage betten. Alles wird gut."

Maja wollte aufbegehren. Sie hasste diesen Satz. Besonders, wenn ihn ein Mann sagte. Sie schlug die Augen auf, um zu sehen, wem die Stimme gehörte.

„Ihr tragt eine seltsame Rüstung, mein Herr", hauchte sie beim Anblick des signalroten Schutzhelmes mit Stirnlampe.

„Ausrüstung, meine Liebe", wurde sie lächelnd korrigiert. „Ganz still halten, hier geht es fast senkrecht in die Tiefe."

Maja traf der Schock einer Erkenntnis. „Sie sind Bergretter?!"

„Erfasst! Schön, dass Sie wieder ansprechbar sind. Einen kleinen Moment noch, dann ziehen wir Sie hoch."

„Wohin aufwärts?"

„Zur Burg Fragenstein, wo der Krankenwagen wartet."

Fragenstein? Dann hat sich das Zeitentor ja doch noch geöffnet! „Welchen Tag haben wir?"

„Den neunzehnten Oktober 2016 und es ist 22 Uhr", erhielt sie zur Antwort.

Die Trage ruckte an, schrammte am Felsen entlang in die Höhe. Der rettende Engel blieb an Majas Seite, bis sie das kleine Plateau erreicht hatten. Mehrere Männer fassten zu und bugsierten sie direkt bis in den Rettungswagen, der sofort mit Blaulicht davonraste.

„Sie hatten unglaubliches Glück", erklärte der Notarzt. „Eine falsche Bewegung und sie wären von diesem schmalen Felsvorsprung in den Tod gestürzt. Was haben Sie zu so später Stunde dort gemacht?"

„Ich wollte mir die Reste der Burg anschauen", erzählte Maja mit stockender Stimme. „Morgen ist doch schon die Heimreise."

„Dann sollten Sie wohl noch mal wiederkommen und sie bei Tageslicht besuchen."

„Ich glaube, das ist mir für immer vergangen." Maja schluckte. „Wer hat mich denn überhaupt da oben gefunden?"

„Ein französischer Tourist. Nico irgendwas. Ich habe mir leider nur den Vornamen gemerkt."

Maja lächelte glücklich. Nico. Vielleicht würde eines Tages ja doch noch alles gut werden.

* wird fortgesetzt *

Alle weiteren Bücher aus dieser Reiseserie:

Band 1:

Band 3:

Band 4:

Band 5:

Noch mehr spannende Serien finden Sie auf:
www.reni-dammrich-geschichtenzauber.de
und im gut sortierten Handel.